33의 3

33의 3

1판 1쇄   2020년 9월 7일

지은이   서연주
펴낸이   손정욱
펴낸곳   도서출판 답
출판등록   2015년 2월 25일 제 312-2015-000063호
주소   서울시 용산구 효창원로 94길 3, 1층
전화   02-324-8220
팩스   02-6944-9077

이 도서의 국립중앙도서관 출판예정도서목록(CIP)은
서지정보유통지원시스템 홈페이지(http://seoji.nl.go.kr)와
국가자료종합목록시스템(http://www.nl.go.kr/kolisnet)에서 이용하실 수 있습니다.

ISBN 979-11-87229-32-2

• 책값은 뒤표지에 있습니다.

솔직히, 우리 다들 비슷하지 않아?

33의 3

서연주 지음

답

차례

Prologue   7

K의 이별 - 무뎌질 수 있을까?   15

젊음 유통기한 - 흰머리 기습공격   25

가십걸 - 드디어 가십걸에서 벗어나다   39

낯선 천장 - 낯선 침대, 낯선 천장   53

쉬운 여자 - 내겐 너무 무례한 세상   71

관대한 여자 - 은근한 폭력의 세계. 예민함은 죄악인가   87

카톡 읽씹 - 나는 무엇이 두려워서 도피하는가   101

아줌마 - 리즈 시절의 종말을 알리는 신호   115

절교 - 영원하리라 믿었던 우정 서약의 파기   129

소개팅 - 우리는 왜 서로에게 반하지 않는가   141

SNS 염탐 - 헤어 나올 수 없는 그 은밀한 비교의 함정   159

연하남 - 착각의 늪. 그 달콤 쌉쌀한 환상에 대하여   175

남사친 - 몇 뼘일까, 우리 사이의 거리는   193

상실의 시대 - 매일 이별하며 살아가는, 서른 즈음에   205

연민의 수렁 - 왜 나는 온전히 미워할 수 없는가   217

여성성 상실 - 여성성 상실의 공포   233

안티에이징 - 안티에이징 권하는 사회   245

짝짝이 속옷 - 욕망 절제 장치   259

자기 개발 - 불안의 세계에서 우리를 구원할 수 있을까?   275

스포트라이트 - 주연의 자리를 내려놓는다는 것   287

자기야 - 나를 자기라고 부르는 사람들   303

작가의 말   316

나, 괜찮은 걸까.

파닥파닥,

곧 횟감이 될 물고기처럼
그렇게 심장이 뛰고 있었다.

부쩍 건강에 관한 이야기가 늘었던 터였다. 누구는 아침마다 홍삼진액을 꼬박꼬박 챙겨 먹는다더라, 누구는 노니 원액을 몇 통씩이나 주문했다더라.

"야, 우리도 이제 건강에 신경 쓸 나이라니까? 꼭 챙겨 먹어야 해. 내가 아는 어떤 여자는…"

삼 년 전 결혼한, 우리 무리 중 유일한 기혼녀 Y였다.

"야, 우리 아직 서른둘이야, 그 정도는 아니다."

별 뜻 없이 한 말이라는 것을 알면서도 건강에 신경 쓸 '나이'라는 Y의 말에 괜스레 발끈하고야 말았다. 어이없어, 바싹 늙은 노인네처럼 나이 타령은, 우리가 뭐 아줌마이기를 해, 중년이기를 해.

우습게도 그날 밤은 왠지 쉽사리 잠이 들지 않았다. 반신욕이나 할까 싶어 욕실에 가 거울을 보니 탄력 없이 앙상한 몸의 내가 서 있었다. 건강에 신경을 쓸 나이라는 Y의 말이 다시 한 번 떠오르면서 짜증과 답답함이 한꺼번에 밀려왔다. 침대에 누워 뒤척이며 다이어트, 몸매 관리 등을 검색해보다 결국 집 근처 수영장까지 검색하기에 이르렀다. 퇴근하고 가야 하니까 넉넉히 아홉 시 타임이 낫겠지? 그렇게 우스꽝스럽게 나는 그날 밤 바로, 기어이 월·수·금 주 3회 수영 강습을 등록했다.

십 년 전이지만 학창 시절에 나름대로 댄스부 리더도 했던 나였다. 워낙 몸 쓰는 것에는 자신 있었는데 자유형, 배영까지는 수월하게 넘어가더니 평영에서 턱 하니 막혀버렸다. 생각만큼 몸이 따라주지 않았다. 아무리 개구리처럼 발을 차대도 좀처럼 앞으로 나아가질 않았다. 뒷사람에게 방해가 되나 싶기도 하고 왠지 머쓱해져서 "아, 앞으로 잘 나가질 않네요." 하고 고개를 뒤로 돌려 멋쩍은 듯 웃었다. 민망함과 작은 사과의 의미를 담은 웃음이었다.

이십 대 초반, 아니 중반쯤 됐을까. 말갛고 흰 얼굴이 앳돼 보이는 남자였다. 그는 내게 가볍게 묵례를 했다. 이 주 정도가 더 지나니 앳된 얼굴의 남자와 일상의 이야기를 나눌 정도가 되

었다. 평영 발차기에서 함께 고전하던 것이 친밀해지는 계기가
됐다.

"어제는 일이 있어서 수업에 빠졌어요. 진도 많이 나갔어요?
이번 주 주말 자유 수영은 나오세요?

○ ● ○

"아, 궁금한 게 있어요."

그 주 주말, 자유 수영이 끝난 후 갈증을 달래러 간 카페였다.
맞은편에 앉은 희고 앳된 남자의 입술이 오물거렸다.

"삼십 대가 되면 어때요?"

뭐지? 장난을 치나 싶어 곧장 그를 똑바로 바라봤다. 그러나
그의 눈은 놀랍게도 정말 알고 싶어 보이는 순수한 궁금함이
담긴 눈빛이었다. 내가 지금 발 딛고 있는 이 세계가 과연 현실
인가? 순간적으로 아득하다는 느낌이 들었다. 나도 삼십 대의
삶이 궁금할 정도로 멀게 느껴진 적이 있었던가.

딱히 나이에 대해 의식하며 산다고 생각한 적은 없었다. 막 성인이 되었을 때, 삼십 대가 되면 막연하게나마 작은 오피스텔에서 중형차를 끌면서, 나름의 싱글 라이프를 즐기며 살지 않을까 하고 생각한 적은 있었다. 만약, 더 잘 풀린다면 삼십 대의 화려한 사랑을 다룬 숱한 드라마 속 여주인공처럼, 그런 여유로운 삶과 연애를 즐길 수 있지 않을까 하는 생각도 잠깐은 했었다.

그러나 공주와 왕자가 나오는 수많은 동화는 사실 '이야기'에 불과하다는 것을 자연스레 깨닫게 되는 것처럼, 수많은 드라마 또한 팍팍한 현실을 잠시나마 잊기 위해 만들어낸 '판타지'라는 것 또한 나는 일찍 깨달았다.

생각보다 하루하루가 별다를 것 없이 지나갔다. 일 년은 짧았다. 그렇게 반복되는 평범한 일상이 물처럼 흐르고 그 일 년들이 모여, 단지 나의 생물학적 나이가 삼십 대가 된 것이다. 삶이 어느 한순간 극적으로 변하는 일은 나를 포함한 내 주변인 중 아무도 겪지 않았다. 중형차는커녕 소형차도, 아니 스쿠터 하나도 소유하지 못한 채 전세도 월세도 아닌 부모 기숙. 그게 서른둘의 나였다.

"똑같아요. 스물일 때나 지금이나. 여전히 잘생긴 사람을 보면 가슴 뛰고 설레고요, 헤어지면 아직도 엉엉 울고요, 인간관계는 지금까지도 어렵고, 부모님한테는 지금도 혼나요. 요새 서른이 뭐…"

요새 서른이 뭐 어른이라고 할 수 있나요? 저는 아직도 애 같은데요.

무슨 그런 질문 같지 않은 질문을 하느냐는 듯, 미간을 잔뜩 찡그리고 나는 답했다. '저는 아직도 애 같은데요.' 지질하게 느껴질까 싶어 결국 그 말은 입에 올리지 않았다.

핑퐁핑퐁, 생산성 없는 여러 문장이 나와 그 사이의 테이블 위를 오갔다. 깊이 스며들지 못한 그것들은 금세 휘발되어 기억해내려 해도 쉽게 떠오르지 않았다. 오직 머릿속을 맴도는 것은 앳된 얼굴의 남자가 오물거리며 내뱉었던 '삼십 대가 되면 어때요?'라는 질문뿐이었다. 참나, 뭐가 삼십 대는 어떠냐는 말이야, 무슨 노인네 보듯이 하냔 말이야. 너나 나나 똑같지. 뭐 그렇게 차이가 난다고.

엘리베이터가 내려오길 기다리면서 무심코 바라본 거울, 그 안의 나와 눈이 마주쳤다.

이게 뭐야?

턱밑으로 둥글게 처진 살들, 훤히 들여다보이는 넓은 모공과 거친 피부, 윤기 없이 푸석거리는 머릿결, 반짝거리는 생기를 잃어버린 눈빛. 나와 눈이 마주친 거울 속 그것은 누가 봐도 영락없이 나이 든 나였다.

그때였다.

파노라마처럼, 여태 무심코 지나쳤던 여러 장면이 차례차례 떠오르기 시작한 것은. 같은 동에 사는 꼬맹이가 나를 두고 '아줌마'라고 불렀던 것, 작년 생일 선물로 똑같은 유산균 스틱을 세 개나 받았던 것, 종합검진을 받은 후 영양제를 늘리고 필라테스를 시작했다던 W, 결혼적령기의 여자는 부담스럽다며 이별 통보를 받은 K의 눈물, 건강을 챙길 나이라며 야무지게 말하던 Y, 그리고 조금 전 만났던 희고 앳된 얼굴의 남자가 '삼십 대가 되면 어때요?'라던 순진무구한 질문까지.

갑작스레 공포감이 소용돌이치며 빠르게 내 속을 휘젓기 시작했다. 위기의식이 사정없이 나를 덮쳐오기 시작했다. 이제야, 이제야 서른둘이라는 '나이의 현실'에 맞닥뜨리고야 만 것이다.

나, 괜찮은 걸까.

파닥파닥. 곧 횟감이 될 물고기처럼, 그렇게 심장이 뛰고 있었다.

세월의 힘은 내가 생각했던 것만큼
드 라 마 틱 하 지   않 았 고 ,
그만큼 나는 무뎌지지 못했다.
사랑은 늘 나를 바보로 만들었고,
헤 어 짐 은   언 제 나
나 의 세 상 을
무 너 뜨 렸 으 니 말 이 다.

K의 이별
무뎌질 수 있을까?

K가 진짜로 이별했다.

일 년 하고도 육 개월 동안의 요란한 연애였다. 아니, 아니다. 사랑에 빠지게 하는 호르몬이 이성을 마비시키고 열정과 흥분을 유발한다는 사실을 생각하면 어쩌면 흔하디흔한 연애였는지도 모른다. K와 그의 연인은 연애의 과정 동안 여느 흔한 커플이 그렇듯 아주 여러 번 싸우다 화해를 반복했고, 위태롭다가 견고하다가를 반복했다. 그녀는 자주 '아, 인제 그만둘 거야.'라고 말하다가도 며칠이 지나면 '어쩌지, 나 정말 사랑하나 봐. 진짜 못 헤어지겠어.'라고 얘기하곤 했다.

"진짜 헤어지면 말해. 농담이 아니라 정말 지켜우려고 그러니까."

나는 몇 번이나 진심을 꾹꾹 눌러 담아 말했다.

얼마 후, K가 진짜로 이별했다.

K의 연인은 잘 알려지지 않은 무명 가수였다. 어렸을 적에는 그래도 이름 있는 기획사에 연습생으로 있었던 모양이었다. 스타를 꿈꾸는 수많은 연예인 지망생처럼, 그도 부질없는 기대를 놓지 못한 채 몇 년의 세월을 보냈다. 과거의 영광을 잊지 못하는 한물간 그 어떤 것들처럼, 꽤 알려진 기획사의 연습생으로 있던 자부심은 그의 무명의 시간에 미련을 채웠다.

십수 년의 시간이 지난 후 그는 노래도, 이름도, 얼굴도 알리지 못한 보통의 삼십 대 중반의 남성이 되어있었다. 그는 주말엔 결혼식장에서 축가를 불렀고, 주로 아마추어들이 공연하는 홍대의 작은 홀에서 가끔 노래했다. 나의 눈에는 세상 물정에 어둑하기만 한 한량이자 몽상가 같았던 그를 K는 자유로운 영혼을 지닌 예술가라 칭했다. 그리고 그녀는, 자유로운 영혼을 지닌 예술가와의 데이트 비용 대부분을 부담했다.

'야 인마, 결혼은 현실이야.'라고 이러저러한 조건을 따지는 것이 인생의 대단한 진리를 깨달은 양 부르짖는 대다수 서른의 의견과는 다르게, K는 아무런 조건 없이 그를 사랑한다고 했다. 그들의 연애 초반, 나는 그녀의 신념에 큰 지지를 보냈다. 현실에 항복하지 않은, 늙어버리지 않은, 청춘의 생생한 사랑은 왠지 그래야 한다고 생각했다.

마냥 현실에서 떨어져 사랑만 할 것 같던 그녀가 서른둘이 되었을 때, K는 그와 결혼을 하고 싶다고 말했다. 그러나 그녀의 연인은 침묵했다. 애써 잊고 있었던 불균형의 관계가 껍질을 벗고 있었다. 불균형의 관계는 두드러지게 우리의 눈에 띄기 시작했고, 나와 K의 오랜 친구 W는 '고장 난 시소 같아.' 하며 자주 얼굴을 찡그리곤 말했다.

"남자는 너무 가벼운데, K가 너무 무거워. 안 그러냐, 주연아?"

단언컨대 연애에는 답이 없다. 그러나 나와 주변인들의 그 수많은 연애사를 통해 알게 된 진리가 하나 있다면 타인의 조언은 연애의 그 순간만큼은 언제나 개소리라는 것이다. 그 사실을 결코 모르는 것이 아닌데도 나를 포함한 친구들은 연애에 대한 오지랖이 친구의 권리이자 의무인 양 참견하곤 했다.

"야, 너 정말 힘들어 보여. 괜찮냐?"

친구들이 조심스레 건넨 말에 K는 날카롭게 반응하며 불편한 기색을 숨기지 않았다. 사실 그들은 K를 진심으로 걱정하면서도, 그녀와 비교한 자신들의 안정된 상황에 안도했는지도 모른다. 걱정을 가장한 우려에 본인들의 연애에 대한 우월함이 담겨있다는 것을 모를 나이가 아니었다. 어쨌든 그러한 몇 번의 반복된 대화 끝에 우리는 K의 연애사에 대해 모두 입을 다물었고, K는 한동안 모임에 나오지 않았다.

고장 난 시소 같은 관계의 불안정함과 반비례하게, 그녀는 견고했다. 그녀의 사랑이 그랬다. 여전히 그녀는 데이트 비용의 9할을 부담했고, 친구들 모임엔 나오지 않았으며, 그의 연인을 사랑했다. 다소 황당하게도 어느 날 남자는 '서로 나이가 있으니' 미래가 보이지 않는 연애는 이쯤에서 그만두는 것이 좋겠다고 했다고, K는 내게 말했다.

'이왕지사 이렇게 된 거 잘된 것 같은데, 어차피 그 남자, 너랑 결혼할 맘도 없었잖아. 넌 결혼하고 싶었다며? 차라리 다행이다 야.'

목구멍 끝까지 찬 이 말을 끝끝내 입 밖에 내지는 않았다.

"술 마실까?"

내가 건넬 수 있는 최선의 위로였다.

○ ● ○

"나 안 되겠어. 나 정말 헤어질 거거든. 헤어질 건데, 그 사람 얼굴 보고 직접 얘기해야겠어."

전화기 너머 들리는 K의 목소리에 복잡한 감정이 묻어 나왔다. 그래도 괜찮겠냐고 세 번을 물었다.

'응.'

마침표만큼의 확고함이 느껴져 나는 더는 만류하지 않았다.

"그래, 그럼 집에 가면서 꼭 전화해."

K는 이십 대에도 요란스러운 연애와 이별을 했다. 사랑하는 많은 이들이 그렇겠지만 유독 그녀는 온 세상에 딱 단둘만이 존재하는 것처럼 굴곤 했다. 스물둘에 만난 같은 대학의 남자와 연애하는 동안, K는 자주 학교 수업과, 친구들과 모임에 빠졌다. 당연히 연락도 잘될 리 없었다.

수원에 살던 K는 연인과 다툼이 있을 때마다 연인이 사는 부천까지 택시를 타고 가 그의 집 앞에서 그를 기다렸다. '야,

도대체 택시비가 얼마냐? 그냥 내일 연락해!' 친구들의 만류는 아무 소용없었다. '다시 만나기로 했어.' 그녀는 천진하게 웃었다.

일 년이 지난 스물셋,

그 요란한 사랑의 끝에 그녀는 수원에서 부천까지 여덟 번이나 택시를 탔고, 여덟 번의 기다림 중 단 한 차례도 그를 만나지 못한 채 결국 휴학을 했다. 친구들은 또 한 번 바보 같은 선택이라고 했지만 스물셋이 감당할 수 없는 이별에 그녀의 세상은 무너져 버렸다.

서른둘, 또 한 번의 이별을 그녀의 세상은 버틸 수 있을까.

그를 만나러 간다고 한 지 한 시간 후쯤, K에게 전화가 왔다.

"그 집에 있던 내 물건들, 챙겨서 나왔어. 진짜 헤어지는 거냐고 물었거든? 그니까 그렇다고 하길래, 나도 알겠다고 했어."

K는 그 주 토요일, 나를 만났다. 즐겨 가던 신사동의 한 곱창집이었다.

'야, 진짜 잘했어. 진짜 잘한 거야. 못 헤어질 줄 알았는데…' 내 말이 채 끝나기도 전에 그녀는 바로 눈물을 쏟아냈다. 아니, 사실 지금이라도 다시 만나자고 연락이 오면 다시 만나고 싶을 것 같다고 K는 말했다. 그날 우리는 네 병의 소주를 마셨다.

이년 전, 서른이 되던 해에는 W가 이별을 했었다. '이별했는데 파티라도 해줘라.' 그녀의 말에 친구들은 곧장 모였다. 그때도 장소는 신사동 곱창집이었다.

"예전에는 헤어지면 한 발자국도 디딜 수가 없었거든. 근데 지금은 그래도 숨 한 번 크게 들이쉬면 괜찮아지는 것 같다니까. 아, 역시 서른의 연륜."

그녀는 웃으며 말했다.

그로부터 며칠이 지난 어느 날, 카톡에 W의 상태가 '알 수 없음'으로 떴다. 오랜 신호음 끝에 응답한 그녀에게 도대체 어찌된 일이냐고 물으니 새벽에 헤어진 연인에게 연락했다며 웃었다. '나 정말 아침에 머리를 쥐어뜯었다니까.' 그녀는 대수롭지 않은 일이라는 듯 가볍게 말했다. 그녀는 그 후로도 두 번 더 헤어진 연인에게 연락했다.

서른이 넘어도, 이별은 여전히 우리가 감당하기 힘든 고통이었다.

집에 잘 도착했다고, K는 내게 카톡을 했다. 씻느라 메시지를 늦게 봐 그녀에게 전화를 걸었더니 휴대전화가 꺼져 있었다. 참고 있구나, 대단하다고 생각했다.

그날 밤, 침대에 누워 아주 오랜만에 싸이월드에 접속했다. 지금은 한물간, 왕년에 잘 나갔던 소셜 네트워크일 뿐이라고 치부하기엔 이십 대의 모든 감정을 집합시켜놓은 나의 역사였다.

미성숙함이 넘쳐 흐르는 조악하다 못해 유치한 문장들이었지만 우습게 느껴지진 않았다. 나는 여전히 이십 대에 내가 겪어왔던 사랑과 이별의 감정에 공감했다. 한 사람의 세상이 내게 가득 밀려 들어왔다 빠져나갔을 때, 그것은 썰물 이후의 풍경만큼이나 늘 꽉 들어차 있을 때의 자취를 얼마간 남기고 갔고, 나는 언제나 남겨진 자국에 무뎌질 수 없었으므로.

뚜렷한 경계를 넘었음에도 이전과 별반 다르지 않다는 이유로 종종 나는 스물의 나와 서른의 나 사이 지난 시간을 의심해보곤 했다. 하지만 차분히 흘러간 시간을 채웠던 수많은 경험들에서 우리는 분명 소소한 것들을 하나씩 거두어들이고 있었다.

"그 집에 있던 내 물건들, 챙겨서 나왔어. 정말 헤어지는 거냐고 물었거든? 그니까 그렇다고 하길래, 나도 알겠다고 했어."

"잘했어. 근데 너 목소리가 왜 그래?"

"맥주 한 캔 원 샷 했어. 여기 편의점 있잖아. 나 지금 지하철역 가는 중이야. 집에 가서 연락할게."

삼십 대의 사랑은 다른가?

여느 이십 대의 어설픈 여자아이가 그렇듯, 나 역시도 나이가 들면 절로 성숙한 사랑을 할 것이라는 믿음을 지녔던 때가 있었다. 반복되는 경험에 단련되어 웬만한 자극엔 끄떡없는 높은 감정의 역치를 갖게 될 것이라는 막연한 믿음을 지녔던 때가 있었다. 그러나 세월의 힘은 내가 생각했던 것만큼 드라마틱하지 않았고, 그만큼 나는 무뎌지지 못했다. 사랑은 늘 나를 바보로 만들었고, 헤어짐은 언제나 나의 세상을 무너뜨렸으니 말이다.

그래도 택시 대신 지하철을 타고, 술을 진탕 마시면 핸드폰을 꺼두고, SNS를 비공개로 돌리지 않을 정도의, 감정의 분출을 잠시 막아두고 이성을 붙잡을 손톱만큼의 미묘한 힘이 생겼다는 것. 그것이 우리가 서른이 넘어 얻은 작은 수확이 아닐까. 드라마틱하지는 않아도 어쩌면 우리도 매일 아주 조금씩은 달라지고 있는지 모르겠다.

… 다행히도.

왜 청춘은 언제나
내게 유효한 것으로만
생각했던 걸까.
왜   나 만 큼   은
더디게 늙어갈 것이라는
막연한 믿음을 가져왔던 걸까.

젊음 유통기한
흰머리 기습공격

"어머, 흰머리."

거울을 보며 귀를 덮고 있던 옆머리를 넘기니 흰머리 한 가닥이 빠끔 튀어 나와 있다. 단지 새로 산 귀걸이가 예쁜가를 확인해 보려던 참이었는데, 예상치 못했던 상황 전개에 심장이 콩콩 울려댔다. 칠 년 전, 스물다섯 때였다. '숏컷으로 쳐보려고요.'라고 말하는 내 머리 뒤에서 분무기의 물을 분사하던 디자이너 언니가 네 잎 클로버를 발견한 소녀처럼 맑게 외쳤다.

"어머, 흰머리"

그것이 내 인생 첫 흰머리의 발견이었다.

"새치인가 보다. 그냥 뽑아주세요."

심드렁하게 대답한 내게 디자이너는 말했다.

"언니, 이건 가위로 짧게 잘라줘야 해요. 아셨죠? 절-대 뽑으면 안 돼요."

'절-대'라는 말에는 전문가로서 날릴 수 있는 확신이 실려 있었다. 나는 네, 하고 전혀 감정을 싣지 않고 대답했다. 그래봤자 새치 한 가닥인데 뭐. 그 후로 아주 가끔 미용실에서나 어쩌다 내 정수리를 보고 있던 친구들이 실한 삼이라도 발견한 심마니처럼 '어, 흰머리!' 하고 외칠 때가 있었으나 딱히 신경 쓴 적은 단 한 차례도 없었다.

'응, 그냥 뽑아줘. 한 가닥인데 뭐.'

몇 년 전 미용실 디자이너의 '흰머리는 짧게 잘라야 한다.'라는 조언은 마치 '아프니까 청춘이다'라는 말처럼 둥둥 떠다니는, 전혀 공감이 가지 않는 아포리즘에 불과했다.

그런데, 지금 거울에 비친 흰머리는 분명 단순한 새치가 아니다. 그것도 한 가닥이 아니다. 빠끔히 모습을 드러낸 흰머리 한 가닥을 뽑기 위해 옆머리를 들추는 순간, 흰머리 세 가닥이 태연히 자리를 잡은 것이 보였다. 뭐지?

반대편 옆머리를 들추어보니, 이쪽은 상황이 더 심각하다.

아까와는 비교할 수 없을 정도로 심장이 쿵쾅댔지만 이내 평정을 되찾고 족집게를 찾아 흰머리들을 보이는 족족 뽑아내버렸다. 혹시라도 형광등 불빛에 반사됐던 게 아닐까 하며 생각했던 희망은 곧 절망으로 바뀌었다.

순간적으로 몇 년 전 디자이너 선생의 조언이 떠올랐지만, 뿌리를 남겨둔 채로 자른다는 건 왠지 꺼림칙했다. 아니, 인정하고 싶지 않았다. 이들이 내 몸에 뿌리를 내리고 살아 있었다는 증거를 소멸시키고 싶었다.

지금 난 흰머리는 극심한 스트레스로 생긴 돌연변이야. 뽑아버리고 스트레스 관리만 잘하면 다신 안 나지 않을까. 오 분간 족집게라는 강력한 무기에 장렬하게 뿌리까지 뽑혀 나온 흰머리는 척 봐도 열 가닥이 넘어 보였다. 그러나 확인차 다시 한번 옆머리를 들추고 거울을 볼 용기가 나지 않았다. 들추는 대로 계속 나오면? 그 충격은 내 심장이 버텨낼 수 있는 강도를 넘어서고야 말 것이다.

[주연아 너 상희 결혼식 갈 거야?]

대학생 시절 초밥집 아르바이트를 하다 알게 된 M 언니의 카톡이었다. 성격이 잘 맞아 예전에는 하루가 멀다고 어울려

놀곤 했는데, M 언니의 '결혼'이라는 중대한 사건을 기점으로 각자의 삶의 지향점과 공감대가 홍해 바다를 가른 모세의 기적처럼 자연스레 갈라져 버리더니 만남과 연락 역시 뜸해지다 못해 이제는 새해 첫날이나 경조사 때, 그렇게 일 년에 두어 번 정도 연락하는 사이로 전락해버리고 말았다.

[가야지 왜 뭐야 언니 안 가게?]

[아기 봐줄 사람 없어서 아마 난 못 갈듯? ㅠㅠ, 에휴, 아쉽고 미안하네. 내 부조금 너한테 전달해줄게. 부탁해!!]

미안한데 말은 바로 했으면 좋겠다. '못 갈 듯'이 아니라 '안 올' 거면서. 이러니까 사람들이 먼저 결혼한 사람이 장땡이라고 하고, 여자들의 우정은 깃털보다 가볍다면서 깎아내리지. 눌러도, 눌러도 계속해서 튀어 오르는 두더지 게임의 두더지들처럼 뾰족한 생각들이 자꾸만 고개를 쳐드는가 싶더니 책상 위 뽑아둔 흰머리들에 다시 눈길이 갔다.

[맞다, 언니 흰머리 많이 나?]

카톡을 보낸 지 일 분도 지나지 않아 답장이 왔다.

[나? 장난 아니지. 아기 낳고 진짜 심각해졌어. 앞머리 걷으면 아예 허옇다니깐. 난 염색 두 번씩 해. 전체 염색하고 또 흰머리 나는 부분하고.]

아, 나는 애도 안 낳았는데. 심장이 다시 빠른 속도로 뛰기 시작했다.

[언니, ㅠㅠ 나 큰일 났어. 요새 흰머리 난다. 친구들은 아직 났다는 애 없는데. 나 스트레스받아, ㅠㅠ]

[당첨이지 뭐, 흰머리는 유전이야‼]

어쩜 이리도 시원하고 명쾌한 답변일까. 당첨이지 뭐?

무슨 말을 저렇게 성의 없이 한담. 마지막 느낌표 두 개가 그렇게 밉상으로 보일 수가 없다. 얄미운 M 언니에게 답장하는 대신 포털 사이트에 '흰머리'를 검색해본다.

Q. cat1**** *흰머리가 자꾸 나요!*

클릭.

A. 에**** ****님 답변 [태양신]

흰머리는 유전적 요인과 노화로 인한 모발 속 멜라닌의 부족이 원인으로, 따로 치료법이 없습니다. 정 신경이 쓰인다면 염색을 하시면 됩니다.

유전.

지구상의 생명체로 태어난 이상 어떻게 유전의 법칙을 거스를 수 있을까. 어렸을 적부터 근육이라곤 전혀 존재하지 않는 것 같은 아빠의 뱃살과 결코 적당하다고 할 수 없는 엄마의 작은 키는 언제나 나의 일 순위 근심이자 관심사였다. 두려움에서 기인한 관심 덕일까. 물려받은 유전자를 완벽히 극복할 수는 없었지만 나름대로 운동을 취미로 삼고 즐기게 된 데에는 그것을 개선하기 위한 간절한 의지 역시 하나의 이유가 됐으리라. 그러나 유전형질에 대한 관심사에서 흰머리만큼은 예외였다.

생각해 보면 아빠는 한 달에 한 번씩은 정기적으로 집에서 스스로 염색을 했고, 엄마 역시도 두 달에 한 번쯤은 미용실에 다녔지 않았던가. 그런데도 나는 부모님의 흰머리를 닮을까 걱정해본 적이 없었다. 왜일까. 내게 있어 흰머리는 유전형질보다는 그저 전형적인 노화의 증상이라고 여겨져 온 까닭이었다.

노화.

누구나 겪는 자연의 이치. 이것은 내게 유전의 문제와는 명백히 다르게 다가온다. 부모님의 흰머리가 딱히 이상하다고 생각을 해 본 적이 있던가. 노화가 부모님의 문제일 땐 안타깝긴 해도 쉽게 수긍이 가곤 한다. 그러나 그것이 나의 문제가 된다면? 아직 삼십 대 초반, 노화가 나의 일이 될 것이라곤 결코 생각해 본 적 없었다. 노화는 내게 있어 비현실적인, 아직은 도저히 받아들일 수 없는, 아득히 머나먼 미래의 문제였다.

그러나 내 몸에서 조금 전 뽑혀 나온 흰머리를 보라. 이것은 부정할 수 없는 명백한 노화의 흔적이 아닌가. 흰머리 고민에 대한 태양신의 해답은 너무나도 단순 명확하다. 그것은 인생의 다른 복잡하고 까다로운 문제에 비하면 별것 아닌 문제인 것 같다. 그 명쾌한 해답, 흰머리를 충분히 감출 수 있다는 염색이란 답변은 어쩌면 너무 당연하고 시원한 해답처럼 보이기도 한다.

그러나 흰머리에 담긴 고민의 무게가 그리도 가벼운 것일까. 그 고민의 당사자가 과연 유전과 멜라닌 부족이라는 흰머리의 원인과 염색이라는 허무한 답변을 원했던 걸까. 어느 날 문득 불쑥 튀어나와 있는 흰머리를 발견하고, 그것을 뽑아내곤 몇 날 며칠을 고민하고, 결국 포털 사이트에 직접 질문을 올리기까지의 했을 그 당사자의 심정을 헤아려봤다면.

장담컨대 흰머리는 인생의 어두운 진실을 담고 있는 대단히 무거운 문제이다. 그것은 여전히 청춘이라고 자부하는 나의 자존심에 핵 펀치를 마구 날려 버리는 아주 큰 타격이자, 부정할 수 없이 인생의 내리막 단계에 접어들었음을, 노화의 첫 번째 단계에 진입했음을, 마침내 늙어가고 있음을 알리는 분명한 신호탄이었다.

책상 위에 가지런히 놓여있던 흰머리들을 마구 헝클어 떨어뜨렸다. 어째서 지금껏 알아채지 못했던 것일까. 눈앞에 턱 하니 놓인 노화의 흔적에 파닥파닥 요동치는 심장은 도무지 진정될 기미가 보이지 않았다.

○●○

K를 다시 만난 건 그날 저녁이었다. 즐겨 가던 주꾸미 맛집이었다. 언젠가부터 단기적 스트레스는 매운 음식을 먹는 것으로 해소하던 나였다. 대체 얼마나 스트레스가 쌓였던 걸까. 낮부터 위장을 따갑게 만들 화끈함이 그리웠다. 지글지글 먹음직스럽게 볶아지고 있는 철판 주꾸미를 바라보다 이내 자세를 고쳐 꼿꼿이 세워 앉고선 K를 비장하게 바라본다. 오늘의 만남이 얼마나 사소하지 않은지, 얼마나 중요한지 정확히 알릴 필

요가 있었다.

"야, 나 우울해. 지난번엔 내가 너 위로해줬으니까 이번엔 네가 나 좀 위로해줘라."

"뭔데? 법에 저촉되는 것만 아니면 얼마든지. 너, 설마…?"

'응, 나 설마 유부남이랑 사랑에 빠졌어.'라는 대답을 기대하기라도 한 걸까. K의 눈빛이 웬일로 반짝반짝 빛난다. 상기된 표정을 보아하니 호기심이 꽤 어려 있는 눈치다.

"농담할 기분 아니고, 나 흰머리 오늘 열 개 뽑았어."

"난 또 뭐라고. 염색하면 되지 뭐. 그건 됐고, 나 저번 주말에 소개팅했는데 어떤지 얘기 좀 들어봐. 네가 판단해줘."

얄미운 건 M 언니뿐만이 아니구나. K는 까마귀 고기를 먹은 것이 분명하다. 지 실연했을 때 얼마나 내 일인 것처럼 신경 써줬는데, 어찌 자기 일이 아니라고 내 고민은 귓등으로도 듣지 않을 수 있는지. 나쁜 년. 심각하지 않은 반응을 예상 못 했던 것은 아니지만, 그게 뭐 그리 수선 피울 일이냐는 식의 태도는 솔직히 서운하다. 그나저나 울고불고 눈물을 짜내던 게 엊그제 같은데, 죽상을 하고 있을 줄 알았더니만 어느새 실연의 아픔을 극복했는지 소개팅에서 새로 만난 남자 얘기를 하는 K의 얼굴에는 생기가 돌고 있었다.

뭐, 이별과 회복을 떠나서 친구임을 고려하지 않고 보아도 꽤 미인이긴 하다. 애가 원래 이렇게 이마가 톡 부풀어 예뻤었나. 그런데 뭔가 어색하다. 어딘가 달라졌다. 시술? 아니면,

빤히 쳐다보는 내 시선을 느꼈는지 K가 오른손으로 이마를 문지르며 말했다.

"아, 가르마 바꿨어. 이미지 좀 달라 보이지?"

"어, 약간 달라 보였는데 가르마 때문이었네. 난 가르마 바꾸면 어색하던데, 계속 이쪽 가르마 타서 머리가 다른 방향으로 눕혀지지도 않아."

"어, 나도 계속 이쪽으로 탔었거든? 근데 사실 거울 보니까 언센가부터 머리 앞쪽이 횡하더라고. 그래서 바꿨어. 나 샴푸도 바꿨어! 미용실 샴푸로."

"미용실 샴푸? 비싸잖아. 어휴, 난 못 사."

대답하며 다시 보니 K의 머리 앞쪽과 가르마 주변이 횡해진 느낌이 든다. 어머 어떡해, 하면서도 내심 안도감이 든다. 그래. 탈모보다야 흰머리가 수천 배는, 아니 수억 배, 수조 배는 더 나은 것이다. 그래도 머리 횡한 대머리 할머니보다야 백발 할머니가 세련된 것이다. 머리통에 구멍이 숭숭 뚫린 것보다야 흰머리라도 꽂혀있는 편이 훨씬 보기 좋은 것이다. K보단 내가,

내가 훨씬 사정이 나은 것이다…!

"야, 홍주연. 너도 건성이냐? 웃으니까 눈가에 주름진다. 야~
그렇게 웃지 마."

나의 완벽한 패배다.

○●○

사회적으로 '이제 더는 어리지 않구나.'하고 생각한 적은 있
었다. 친구가 결혼할 때, 새로 만난 모임에서 '언니, 오빠'가 아
닌 '누구 씨'라고 불릴 때, 여행을 갔는데 다들 대학생일 때, 처
음 보는 아이들이 '이모'라고 부를 때, 회사에서의 업무 실수가
더는 사회초년생의 귀여운 실수로 받아들여지지 않을 때.

그러나 노화가 시작됐다거나 늙었다고 생각한 적은 단연코
없었다.

애도 낳지 않았고 결혼도 하지 않았다. 전성기만은 못해도
남자들의 대시가 아주 폭삭 사그라진 건 아니다. 신체기능이
크게 퇴화하였다고 생각하지도 않았다. 보통 사람들보다 운동
신경이 있다 자부해왔던 나다. 수영도 금세 중급반으로 올라가
지 않았나. 오히려 친구들은 이것저것 시도하는 내게 '어휴, 적

당히 좀 해라. 네가 무슨 아직도 십 대, 이십 댄 줄 아냐?' 하며 면박을 주곤 했다. 그러면 나는 "야! 나 아직 청춘이라고!" 하고 반박하며 여전히 젊음을 유지하고 있다는 은근한 우월감을 즐겨왔던 것이었다. 그러나 흰머리라니. 주름이라니.

나이 듦이야 누구도 거스를 수 없는 순수한 자연의 이치인 것을 누가 모르겠는가. 나 역시도 나의 노년은 누구보다 기품 있고 우아한 멋쟁이 할머니의 모습일 것이라 상상했으니 말이다. 그러나 아마도 그것에 대해 고상하게 생각할 수 있었던 까닭은 그것이 매우 막연한 먼 미래라고 생각해 왔기 때문일 것이다. 그러나 노화. 그 달갑지 않은 손님은 내가 눈치채지 못하게 찾아온다. 살금살금, 천천히, 아주 고요하게. 그러곤 오늘처럼 불시에, 느닷없이 제 모습을 드러내며 기어코 벼락같은 충격을 던져주고야 마는 것이다. 결코, 반길 수 없는 그 손님이 이렇게 갑작스레 찾아올 줄, 그의 맹렬한 기습공격에 어떠한 방어도 못 한 채 이렇게나 허둥대고 있을 줄 어느 누가 상상이나 했겠는가.

왜 청춘은 언제나 내게 유효한 것으로만 생각했던 걸까. 왜 나만큼은 더디게 늙어갈 것이라는 막연한 믿음을 가져왔던 걸까. 오만했던 내게 흰머리가 말하고 있다. 젊음이 항상 그 자리에 머물러 있는 것은 아니라고.

아. 나이 든다는 게 이렇게나 서럽고 서글픈 거였냐고, 나이 듦을 인정하고 받아들이는 게 나만 이렇게 힘든 거였냐고 있는 힘껏 소리라도 빽 지르고 싶은 심정이다. 그러나 지금, 이 순간에도 무참히 시간은 흘러가고, 스멀스멀 젊음은 빠져나가고, 노화의 징표인 흰머리는 자라고 있겠지.

서늘하다.
서른둘의 우울한 밤이 저물고 있었다.

합석할래요? 라는 소리를
언제 마지막으로 들었는지
까 마 득 하 다 .
회사 내 가십거리의 주인공이
더는 내가 아니다.

이상하다.

나는 이제 더는 헛소문에
시달리지 않는데
왜 마냥 기쁘지만은 않을까?

가십걸
드디어 가십걸에서 벗어나다

　열렬한 짝사랑의 상대도 없겠다, 대단하게 도전할 만한 과제도 없겠다. 무난하고도 감흥 없는, 지극히 평범한 일상을 살아가는 서른둘 여성의 감정을 요동치게 만들 수 있는 일이 과연 무엇이 있을까.

　새롭게 시작한 수영? 조금씩 늘어가는 실력이 뿌듯하긴 하지만 딱히 이건 뭐, 그저 그렇다.

　매주 금요일 밤마다 방영되는 프로듀스 101, 그곳에서 열정을 불태우며 미모를 마구 뽐내는 상큼한 아이들을 볼 때? 맞다. 잘생긴 남자를 보면 즉각 반응하는 내 심장의 성향상 살짝 설렘의 감정을 느끼곤 한다만 그들과 나의 나이 차를 떠올리면 오히려 '현타'가 찾아와 극히 차분해지곤 하니 이것도 패스.

그러니까, 내가 아직은 아무리 '자발적으로' 결혼을 선택하지 않은 서른둘의 비혼 여성이라고 하더라도 말이다.

친구들의 결혼 소식을 들을 때,

그때만큼은 왠지 여러 종류의 뒤섞인 감정이라는 것이 속에서부터 마구 뿜어져 나오면서 결코 평온한 마음을 유지할 수 없게 되고야 마는 것이다. 그러나 부탁인데 제발 오해는 말았으면 좋겠다. 이건 그녀들이 부럽다든지, 혹은 질투가 난다든지 하는 수준의 문제가 절대로 아니다.

"야, 걱정하지 마. 지금이 어떤 시대인데. 나 결혼해도 아가씨처럼 살 거야."

'너 결혼하면 난 누구랑 노느냐고!! 한 번만 더 생각해봐.' 삼 년 전, 차분하게 결혼 소식을 알리는 그녀를 앞에 두고 늑대처럼 울부짖는 나를 향해 Y는 마치 자신에게 하는 다짐인 양 대답했다. 그러나 이미 친구들 몇몇이 앞서 기혼자의 길로 들어선 후였다. 웃기고 있네, 내가 또 속을까 보냐.

그렇다. 인정하긴 싫지만 우리 여성들의 깊고 진한 우정. 그것의 유지를 그 어떤 고난과 역경의 길보다 힘들게 만드는 방해물에는 '결혼'이라는 것이 크게 한몫하고 있다는 것을 나는 이미 다수의 사례를 통해 체득하고야 말았다. 21세기가 되어도 아가씨 같은 삶을 영위할 수 있는 아줌마는 며느리 앞에서 과일을 깎는 시아버지를 발견하는 것 만큼이나 흔치 않은 사례이지 않던가.

  오늘이 만남의 날이었다는 것을 잊었는지 아침부터 아무 말 없는 고요한 단체 대화방을 쏘아보다가 결국 나는 항복을 선언하고 마지막으로 한 번만 더 속아보기로 한다.

  [얘들아, 오늘 건대에서 만나기로 한 거 알지?]

  [미안, 나 모레가 아주버님 생신인데 오늘 갑자기 저녁 약속 잡힘. 쏘리. 담엔 내가 쏜다!]

  오, 역시나. 넌 날 실망시키질 않는군. Y는 조심스레 불참을 선언했다. 오늘도 K와 W, 그리고 나. 셋만 만나게 되겠구나. 이제는 그러려니 할 법도 한데, 섭섭한 감정이 쉽사리 가시지 않는다.

  아니, 아니다. 차라리 잘됐다. 최근 들어 우리의 대화 주제가 미묘하게 어긋나기 시작한 까닭에 은근히 이 단체의 결속력이 약해지는 게 아닐까 하고 걱정하던 참이었다. 결혼 생활, 특히 내게 Y의 시댁 이야기는 견딜 수 없이 따분한 주제였고, 한편 Y는 다른 친구들의 소개팅이나 남자, 회사 이야기 등에 전과는 다르게 시큰둥한 반응이었다. 가끔 당시 화제가 되었던 연예인 가십거리라도 얘기할라치면 '애들은 아직 무슨 그런 이야기를?'이라며 표정으로 말하고 있는 Y를 포착하기도 했던 터라 나는 대화의 공통의 주제를 생각해내는 데 애를 먹고 있던 것이었다.

○ ● ○

"섭섭하긴, 그럼 가정이 중요하지, 너희들이 중요하겠냐? 포기할 건 포기해."

미참석자에 대한 섭섭함은 W의 직설적이고 시크한 태도에 왠지 모르게 누그러졌다. 그녀에게 직접 들은 것은 아니지만 만일 MBTI 성격유형 검사를 해본다면 그녀는 아마도 ESTJ, 그러니까 '엄격한 관리자' 유형일 것이 분명하다. 현실적이고 논리적이며 원리원칙이 확실한. 나서는 걸 좋아하진 않지만, 막상 큰일이 터졌을 땐 냉철하게 해결하는, 그러므로 무리에 꼭 필요한 믿음직한 스타일이랄까. 그래서인지 사실 그는 내게 가장 의지가 되는 친구이기도 했다.

"W야, 나 흰머리 엄청났다?"

"수영이네 춤이네 뭐네, 아무리 까불어봤자 너도 늙었다는 거지, 염색해."

싸늘하다. 가슴에 비수가 날아와 꽂힌다. 다시 정정한다. W로 말할 것 같으면 냉철하다 못해 성격이 더러운, 무리에 꼭 필요한 존재이지만 그 존재가 다수일 필요 없이 한 명이면 족한, 딱 그 정도의 스타일이라고 볼 수 있겠다. 한 마디로 엄격하게 못된 년.

"아 맞다, 대박. K 소개팅했대."

"어 맞아, 이번 주 주말에 한 번 더 보기로 하긴 했거든? 왠지 잘 될 것 같아. 너네랑 같이 한 번 보면 좋겠다."

"너도 이젠 얼굴만 보지 말고 성격이나 뭐, 다른 것 부분 좀 봐. 이제 와서 하는 얘기지만, 전에 걔는 '졸라 병신'이었던 것 알지? 안목 좀 높여."

역시. 기분은 좋지 않지만, 뭐라 반박할 수 없는 W의 엄격한 지적에 K 역시 나와 같은 표정으로 어떠한 대답을 하지 않는 것으로 패배를 선언한다.

"회사에는 좀 괜찮은 남자 없어? 남자고 여자고 간에 건실한 게 최고야. 맞아, 너 예전에 썸 탔던 그…, 그 누구 있잖아."

W가 기세를 이어 말한다.

"썸 아니라니까. 사람들이 그냥 엮은 거지. 그 사람도 올해 결혼했어. 드디어 소문에서 해방."

발끈하는 K를 보자 한참 동안 잊고 있던 기억이 스멀스멀 떠오르기 시작했다. 그러고 보니 K가 지독하게 스트레스 받았던 일이었지, 참.

몇 년 전, K의 회사 직원들이 유 대리라는 당시 삼십 대 초반의 남성과 K를 하도 엮어대는 통에 K는 우리를 만나기만 하면 그 문제에 대해 하소연을 하곤 했다. 회식 자리에서 K와 유 대리를 옆자리에 앉히는 것은 물론, 워크숍에서 커플 게임을 하게 하는 등 짓궂은 장난이 계속된다는 것이었다. 그러나 당시 그런 스트레스를 받는 건 K뿐만이 아니었다. 회사에서 크고 작은 비슷한 문제로 난감한 일을 겪는 주변 사람들이 결코 한둘이 아니었다.

나도 예외는 아니었다. 어느 날 화장실에서 화장을 고치고 있는 내게 이 과장이 다가와 넌지시 말을 건넸다.

"홍주연 씨, 이런저런 얘기가 떠돌던데."

"예?"

"영업팀 박 주임이랑 조조 영화 봤다면서? 소문 다 났더라.

사귀기로 한 거야?"

이게 무슨 개소리란 말인가? 박 주임과는 업무차 두어 번 정도 얘기를 나눠본 적이나 있었을까, 서로 번호도 알고 있지 않을 정도로 사적으로는 전혀 얽힌 관계가 아니었다. 게다가 아침잠이 많은 탓에 태어나서 단 한 번도 조조 영화를 본 적이 없는 나였다. 아니 땐 굴뚝에 연기가 나냐고? 그 어려운 걸 내가 증명하고 있었다.

"아닌데요? 저 그분 만난 적도 없고 아예 전혀 모르는 사이예요."

"그래? 여기저기서 주연 씨에 대해 말이 많아. 내가 노파심에 하는 소린데, 사내 연애는, 알지? 행동 조심해야 한다. 괜한 얘기 안 들리게 하려면 여자로서 처신 잘하고."

그녀는 알까? 그녀가 지닌 문제는 셀 수 없이 많지만 가장 큰 문제는 자신이 '꼰대'인 것을 모른다는 것임을. 무슨 행동을 조심하고 뭘 어떻게 처신을 똑바로 하라는 것인지, 화가 치밀어 올랐다. 소문의 근원지를 찾아서 작살을 내고 싶기도 하고, 이 말 저 말을 전하는 사람들에게 욕지거리를 날려 주고 싶기도 했다. 그러나 나의 가장 큰 분노, 극대노(極大怒)를 불러일으킨 인물은 역시 다름 아닌 이 과장이었다.

'미친년. 지도 여자면서 무슨 여자로서 처신을 똑바로 하래? 어이없네. 맘에 안 들었는데 한 번 들이받을까 보다.'

그러나 당시 사회초년생이었던 K와 나는 그들을 들이받기는커녕, 불쾌하다는 표현 한 번 할 수 없었다. 우리는 아주 쉽게 회사 내 가십거리의 주제로, 술자리의 안줏거리로 놓이곤 했다. 그들에 따르면 나는 영업팀 박 주임과 사귀는 사이였다가, 이태원 거리에서 포착되는 클럽녀이기도 했다가, 일은 열심히 안 하고 남자 사원들에게 '끼나 부리는' 여우 같은 직원이기도 했다.

온갖 루머와 악플에 시달리는 연예인들의 심정이 이해 가던 어느 날, '술 마시면 남자한테 살살 꼬리 친다더라'라는 악의적인 소문이 또다시 내 귀에 들려온 날, 도저히 혼자 삭일 수가 없던 나는 할머니 제사를 지내러 간 큰집에서 오랜만에 만난 사촌 언니를 붙잡고 그간 내가 겪은 사건들을 A부터 Z까지 구구절절이 토로하기에 이르렀다. 그러나 언니는 전투적으로 뱉어내는 내 말을 진지하게 들어주는가 싶더니, 말이 다 끝나자 황당하게도 빙긋이 웃으며 말했다.

"그런데 주연아. 정말로 시간이 약이야."

"그놈들이 이상한 건데 무슨 시간이 약이야?"

"그냥 젊은 여자가 표적이지 뭐, 서서히 사그라지게 될 거야."

"그럼 따지지도 말고 놔두란 소리야?"

"그냥 질투나 관심이라고 생각해. 화제의 중심 가십걸, 그것도 한때다."

"언니, 뭔가 기성세대 같다."

시원한 해결책 하나 제시해주지도 않고 단지 시간이 약이라는 소리만 하다니. 언니도 어쩔 수 없구나. 꼰대 같다는 소리를 돌려 말했다.

○ ● ○

"저기, 혹시 세 분이 오셨어요?"

과거의 회상에서 나를 소환한 것은 어떤 앳된 남자의 목소리였다. 목소리가 나는 쪽으로 고개를 돌리니 목소리만큼이나 앳되고 반질반질한 피부의 남자 한 명이 말을 걸고 있었다. 말을 거는 대상은 당연히 우리, 가 아닌 옆 테이블에 앉은 딱 봐도 이십 대 초반으로 보이는 여자 무리. 왠지 모르게 순간적으로 들떴던 마음이 착 가라앉았다. 나도 참, 뭘 기대한 거야.

남자는 흰 피부에 동그란 눈을 지녀 귀엽게 생겼다고도 할 수 있는, 요새 아이돌처럼 트렌디한 외모였다. 아마도 저 트렌디한 외모 덕에 그들 무리 중 여자들에게 말을 걸 대표로 뽑혔으리라. 옆 테이블 여자들은 뭐가 그렇게 쑥스러운지 대답은 하지 않고 서로를 보다 까르르 웃으며 손으로 얼굴을 가리고 있었다. 다소 촌스럽게 보일 수 있는, 진한 화장과 짧은 옷차림도 그녀들의 앳됨을 완벽히 커버할 수는 없었다. 나는 고개를 돌려 K와 W를 쳐다보았다.

어머, 애들이 언제 이렇게….

이쪽도 정교한 화장으로 성숙함을 가릴 수 없는 것은 마찬가지였다.

"역시 헌팅의 메카, 건대답다. 근데, 우리도 세 명인데."

이유를 모르겠다는 듯 눈을 동그랗게 뜨며 K가 연기를 하고 있었다.

"1차 내가 계산할게, 일어나 2차 가자."

K와 나의 장난을 차단하려는 듯, 엄격한 관리자 W가 먼저 자리에서 일어났다.

2년 전 승진을 한 전(前) 박 주임, 박 대리를 만난 건, 며칠 후 출근길에서였다. 같은 열차를 탔는지 개찰구를 통과하기 전 벽면에 붙은 전신 거울을 바라보며 전체적인 차림새를 점검하고 있는데 마침 박 대리가 그 옆을 지나고 있었던 것이다. 그가 눈인사하며 먼저 아는 체를 해왔다.

　회사는 지하철역에서부터 걸어서 십 분 정도. 지하철역 화장실이라도 들를 걸 그랬나, 싶게 십 분이란 시간 동안 친하지 않은 남자와 단둘이 걷는 것은 어색하다. 아니, 어쩌면 박 대리이기 때문일까. 예전이긴 하지만 역시나 그 소문이 내가 그를 더욱 의식하게 만들고 있는 건지 모른다. 그나저나 지금 보니 선이 굵고 시원시원하게 생긴 것이, 꽤 호감형이다. 참, 내가 과거에 왜 그렇게까지 흥분을 했을까. 그런데 이 사람, 애인이 있다고 했었나.

　"사람들이 저한테 사귀냐고 묻는 것 있죠?"

　"예?"

　박 대리가 기습적으로 꺼낸 얘기에 순간적으로 심장이 덜컹한다.

설마, 아직도?

"그 이번에 신입사원으로 들어온 옆 팀 J 씨 있잖아요? 왜, 머리 길고 차분한."

옆 팀에 새로 들어온 신입사원 J의 이야기였다. 요새 아이들처럼 동글동글하고 귀여운 외모와 다르게 차분하고 여성스러운 말투와 성격 덕에 남 사원 몇몇이 관심을 둔다는 소리는 익히 들었던 터였다.

"아아."

아, 그래요? 네, 그런데 왜요? 같이 대화가 이어질 수 있는 대답은 하고 싶지 않다. 나는 전혀 그 문제에는 관심이 없다는 의견을 강력하게 표출한다. 그러나 박 대리, 이 자식은 왜인지 전혀 아랑곳하지 않는다.

"지난번에 어쩌다 보니 시간이 맞아서 밥 한번 같이 먹었거든요. 그런데 어떻게 알았는지, 사람들이 저더러 사귀냐고 묻더라고요. 하하, 어이없죠?"

아니. 넌 전혀 어이없지 않고, 오히려 자랑스러워 미친 것처럼 보인다. 소문이라도 내주길 바라는 것 같은데 어림도 없지.

은근한 미소며 왠지 모르게 거들먹거리는 것처럼 보이는 그 태도가 얄미워 커피를 사러 간다는 핑계로 그를 먼저 보내준다. 아, 그런데 나는 왜 이렇게 짜증이 나는 걸까. 나랑은 전혀 상관없는 얘기잖아?

곰곰이 생각해 보니, 합석할래요? 라는 소리를 언제 마지막으로 들었는지 까마득하다. 회사 내 가십거리의 주인공이 더는 내가 아니다. 정말, K를 소문에서 해방한 건 유 대리의 결혼 때문만일까? 이상하다. 나는 이제 더는 헛소문에 시달리지 않는데 왜 마냥 기쁘지만은 않을까? K는 어떨까? 그녀는 소문에서 해방돼서 정말 행복할까?

설마. 정말 서서히 주변인으로 전락하고 있는 것일까?

그때는 꼰대 같다고 생각했던 사촌 언니의 말이 자꾸만 귀를 맴돈다.

'중심부에서 서서히 벗어나는 때가 와. 서서히 사그라진다고. 언제까지 이십 대가 아니니까.'

달팽이처럼 우리도
조 금 씩 진 화 한 게 아 닐 까 .

약한 몸을 감출 수 있는,
상처를 감출 수 있는 껍데기가
전보다 조금 더
단 단 해 졌 듯 이 .

낯선 천장
낯선 침대, 낯선 천장

[홍주연 뭐 해...]

'뭐해'라는 이 일상적인 단어가 일상을 뒤트는 때는 딱 세 가지 경우다.

1. 현재 '썸'타는 남자의 밤 11시 '뭐해'

2. 전 남친의 새벽 2시 '뭐해'

3. 전날 저녁 남자를 만나러 간 여사친의 아침 7시 '뭐해'

엊저녁 소개팅남을 한 번 더 만나러 간 K에게 온, 이른 아침의 '뭐해.' 이것은 무엇을 의미하는가?

분·명·히·무·슨·일·이·있·다.

나도 모르게 침대에서 벌떡 일어나 몸을 일으켰다. 심장이 낮게 쿵쿵 소리를 내며 울리고 있었다. 대충 팔 할 정도는 맞아 떨어진다고 자부하는 나의 남다른 촉이 K에게 분명 무슨 일이 생겼음을 알리고 있었다.

[야. 뭔 일이야?]

[후...]

제대로 된 대답 대신, 한숨과 말 줄임표가 도착했다. 신기하게도 그 짧은 문장부호에는 무언가 예감을 가능케 하는 의미가 담겨있다. 어휴, 등신. 한숨이 절로 나온다. 나는 그녀를 잘 알고 있으며 이것이 무슨 의미인지 충분히 알고 있다.

[뭔데? 어딘데?]

[눈 떠보니 낯선 천장이야..]

요새 유행어로 굉장히 '신박하다'라고 할 수 있는 답변이 온다. 이 짧고 불친절한 정보들을 조합해서 정리하면 어제의 상황을 구성해 볼 수 있을까? 그러니까 아마도 이랬을 것이다.

한 여자가 소개팅에서 한 남자를 만난다. 그리고 그 남자에게 호감을 느낀다. 그날 이후 둘은 연락을 계속해서 주고받고, 자연스레 두 번째 만남을 약속한다. 며칠 후, 다시 만난 둘은 저녁과 함께 술을 한 잔 곁들이며 이야기를 나눈다. 화기애애한 분위기가 2차로 이어진다. 본격적으로 술을 마시며 다소 들뜬 분위기의 상태를 지속하였을 테고, 둘은 술집을 나와 어딘가로 함께 향하게 된다. 그리고 다음 날, 여자가 눈을 떴을 때 가장 먼저 마주하게 된 것은 〈낯선 천장〉이다.

자, 이것이 내가 K의 말 줄임표와 낯선 천장이라는 두 개의 단서로 생각해낸 이른바 '낯선 천장 사태'의 재구성이다.

[이따 연락해]

그녀에게 짧은 답장을 보낸 후 다시 몸을 눕혔다. 매일 보는 익숙한 천장이 내 눈앞에 있다. 실연의 아픔을 겪은 지 얼마 되지 않은 K에게 친구들은 입을 모아 말했다.

"야, 괜찮아. 똥차 가면 벤츠 온다니까."

K는 지금 무슨 생각을 하고 있을까. 낯선 침대에 누워 낯선 천장을 바라보면서.

o ● o

"나, 이 남자 계속 만나보려고."

"뭐? 사귀기로 했다고?"

아침 열한 시, K의 전화이다. 이건 또 무슨 소린가. '낯선 천장' 만큼이나 놀라운 소리였다. 핸드폰에 K의 이름이 떴을 때, 어쩌면 이 전화를 받으면 '주연아…' 하면서 눈물을 짜고 있진 않을까 싶었던 내 예측은 K의 '만나보려고'라는 담담한 말에 완벽하게 깨져버렸다.

순간적으로 그녀의 친구로서 교훈적인 조언을 하고 싶은 욕망이 일었다. 예를 들면 '이건 좀 성급한 것 같은데. 잘 생각해봐야 하지 않을까?' 혹은 '너, 그 사람 잘 알지도 못하잖아.'와 같은 말들. 그러나 결국 상처만 주고 말 잔소리에 불과한 충고들. 그래, 나는 K를 너무 과소평가했다. 대체 내가 뭐라고? 까짓것 이게 무슨 일이나 된다고?

"그래. 근데 괜찮겠어?"

"어어. 괜찮아. 전 남친 보다는 낫겠지, 뭐. 안 그러냐? 똥차 보냈는데, 벤츠까지는 아니더라도 K5 정도는 되지 않겠어?"

시답잖은 농담에 말문이 막혀버렸다. 그러나 어차피 내 의견 따위가 궁금해서 전화한 것이 아니라는 사실 또한 너무나도 잘 알고 있었다. K가 이렇게 말하고 있는데 내가 심각한 분위기를 조장하는 것도 예의가 아니다. 어쩐지 짠하게 느껴지는

K의 농담에 최대한 공감의 태도를 보이려 유의하며 나는 입을 열었다.

"난 또, 내가 대체 왜 그랬지! 하고 질질 짜고 있을 줄 알았더니만."

"무슨, 이게 뭐 별일이라고. 아니, 이 오빠 진짜 괜찮아. 말도 잘 통하고. 매너도 좋고. 잘 만나보게."

"그 남자가 그랬어? 만나보자고?"

대체 내가 지금 무슨 말을 하는 건가. 나는 왜 그저 온전히 축하만을 해줄 수 없는 건가.

"너는 지금 이 나이에 우리 오늘부터 1일, 하면서 사귀냐? 내일 퇴근하고 같이 저녁 먹기로 했어."

'그 남자가 만나보자 그랬어?'라는 의문문에 '하룻밤의 장난일 수도 있잖아.'라는 의심을 숨겨놓은 의도를 정확히 간파한 K가 발끈했다. 그녀는 '내일 같이 저녁을 먹는다.'라는 약속을 근거로 이제 둘 사이는 하룻밤의 장난, 아니 하룻밤의 낭만에 그치지 않고 정식적으로 교제하게 된, 그럴듯한 연인 사이가 되었음을 이야기하고 있다.

"야, 근데 진짜 좋아서 그런 거야? 하룻밤 실수면…, 그냥 여기서 끝내는 게 낫지 않겠어? 너무 빨리 결정한 것 아니야?"

나도 모르게 말을 하면 할수록 K에게 상처가 될 만한 말들이 쏟아져 나온다. 아무리 허물없는 친구라 해도, 이런 말은 절대 해선 안 된다는 걸 알면서도, 도대체가 이놈의 오지랖은 입을 다물게 하지 못한다.

"참나, 주연아. 나 진짜 좋아. 야, 내가 좋았으니까 간 거지. 그리고 그 사람한테도 내가 그만큼 매력적이었으니까."

그래. 우리는 뭣도 모르는 애송이도 아니고, 십수 년 동안 남녀 관계의 너무나도 다양한 사례를 보아왔으며, 여자의 성적 욕망과 선택 또한 머리와 마음으로 존중할 줄 아는 삼십 대다. 도대체 무엇이 문제란 말인가? 무엇이 별일이란 말인가? 어쩌면 이것은 K의 인생을 뒤흔들어 놓을, 대단한 사랑의 시작일 수도 있다.

근데 왠지 '매력적'이라고 힘을 주어 말하는 K의 목소리가 약하게 떨리는 것 같았던 건, 나의 기분 탓일까?

○ ● ○

'공식적으로 사귀지 않는 남자와의 하룻밤'은 별일인가 아닌가?

스물한 살 때의 일이었다. 고등학생 때부터 오랜 친구였던 C 는 스물한 살 생일을 며칠 앞두고 소개팅을 했다. 상대는 C가 다니던 대학 근방의 타 대학교 체육 전공 학생으로 인물이 아주 좋은 남학생이었으며, 친구들은 C의 소개팅 상대남 사진을 보면서 연신 '대박, 대박'을 외쳐댔다. 남자가 당시 인기 있던 아이돌 멤버를 닮았었기에 C의 소개팅은 친구들 사이의 화젯 거리가 되기에 충분했다.

'실시간으로 뭐 하는지 문자 해야 해? 궁금하단 말이야.' 친구들의 요구에 C도 '어어, 실시간으로 보고할게. 나 잘되면 거하게 쏜다.'라며 들뜬 기분을 감추지 못했다.

[야야, 나 이제 만남. 대박. 개 잘생겼어.]

그러나 그 메시지는 '개 잘생겼다'라는 다소 강력한 표현까지 써가며 흥분했던 C의 그 날 처음이자 마지막 문자가 되었다. 어떻게 된 일인지 그다음 날까지도 C에게는 연락이 오지 않았다. 나뿐만이 아니라 다른 친구들도 C와 연락이 안 되긴 마찬가지였다. 핸드폰은 수일간 꺼져 있었다. C의 대학교 친구에게 연락해보니 며칠 동안 수업도 출석하지 않고 있는 모양이었다. 아무리 법적으로 만 19세 이상을 성인이라 칭한다고 하지만 이제 와 생각해 보면 이십 대 초반의 나이는 말로만 성인이었지, 어수룩한 풋내기에 불과할 뿐. 그 시절의 나는 그 상황이 무엇을 의미하는지 정확히 알 수가 없었다.

'야, 애 어디 차에 치여서 병원 실려 간 거 아니야?'

그녀의 생일날까지도 연락이 닿지 않아 부모님 연락처라도 어떻게든 알아내자며 친구들과 만나 대책을 세우던 날, 바로 그날 싸이월드를 통해 그녀가 살아있음이 증명됐다. 음울한 BGM이었다. 다이어리에는 아주 깊은 어두움을 떠올리게 하는 몇 줄 안 되는 일기가 쓰여 있었다. 그 강력한 어둠의 기운을 뿜어내는 문장을 정확히 기억해낼 순 없지만, 그것들을 통해 그녀가 당시 매우 상처를 입은 상태이며, 그녀가 받은 충격이 어마어마하다는 것을 짐작했던 기억만큼은 뚜렷하다. 그 뒤로 또 몇 주의 시간이 흘러서야 나는 마침내 C를 만날 수 있었다. 어찌나 맘고생을 했는지 전보다 가뭇가뭇하고 야윈 C가 들려준 그 날의 경위에 나는 분노할 수밖에 없었다.

"주연아. 그 남자, 내가 엄청 만만하고 쉬워 보였나 봐."

"야 그런 말이 어딨어? 그 새끼가 쓰레기였던 거지. 와, 진짜 미친 새끼."

C는 나의 과격한 반응에 자못 명랑하게 웃어 보였다. 그러나

어쩐지 씁쓸해 보이는 웃음이었다.

"근데 그 새끼가 나쁜 새끼라고 생각하는 게 더 괴로운 거야. 내가 농락당했다는 걸 인정할 수가 없으니까. 차라리 걔가 나한테 호감이 있어서 그랬을 것으로 생각하니까 좀 마음이 편하더라고. 그래서 나, 진짜 웃긴데, 걔한테 먼저 연락했어. 뭐하냐고."

"그랬더니?"

"답장 없더라. 나 진짜 죽고 싶었어."

나는 이렇게 배웠다. 주체적이고 능동적으로 사랑을 하라고. 육체적 관계에서도 주체적인 결정권을 지니라고. 남성 위주의 가부장적 사회와 가치관에 저항하라고. 그러나 현실은 내가 배워 온 것과는 아주 큰 차이가 있었다. 여자에게 가장 상처가 되는 말이 무엇일까? 못생겼다? 매력 없다? 아니, 장담컨대 '헤프다'라는 말일 것이라고 나는 99% 확신한다.

세상은 무서운 속도로 변하는 데 비해 '헤퍼 보여. 쉬워 보여, 싸 보여.'라는 말도 안 되는 평가가 넘쳐대는 여성 비하적이고 그릇된 성 의식의 세계는 결단코 변하지 않았다. 우리는 그 세계가 잘못되었다는 것을 알면서도 용기 있게 도전하지 못했다.

오히려 정말 특별한, 깨어있는 극소수를 제외하고는 내 주변 여자들의 대부분이 헤픈 여자로 보이지 않으려는 강박에 시달렸다.

어느 날이었던가. 한 여자 연예인에게 '쟤는 예쁜데 너무 싸 보여.'라는 품평을 하는 남자 동기에게 나는 쌓아둔 분노를 쏟아부었다.

"사람한테 싸 보인다는 말이 뭐냐? 넌 완전 대가리 빈 것 같거든? 병신같이."

그 분노는 어디에서 왔던가. 그때의 나 역시 내가 지닌 성적 매력을 만인에게 드러내고 싶은 강렬한 욕망에 휩싸이면서 한편으론 '싸 보인다.'는 평가를 받지 않기 위한 양면적 감정 속에서 아슬아슬하게 줄을 타며 전전긍긍하곤 했다. 쉬워 보여서, 헤퍼 보여서, 하룻밤 상대가 되었다는 것을 인정할 수 없어서 그래서 뭐 하냐고 문자를 보냈을 C의 마음을 어찌 공감하지 않을 수 있단 말인가. '뭘 그런 것 때문에 죽고 싶다 그래? 네가 당당하면 된 거야.'라는 말을 대체 어느 누가 할 수 있단 말인가. 그것은 우리 사회에서 여자에게 '헤픈 여자'로 낙인찍히는 것이 얼마나 큰 공포인지 모르는, 현실을 외면한 이상주의자가 던질 수 있는 알맹이 없는 껍데기 위로에 불과할 뿐인데.

K가 공식적으로 남자 친구가 생겼다고 단톡방에 공지를 하자, W가 '기쁨은 함께 나누어야 배가 된다.'라며 '곱창집 급 만남'을 추진했다. 일요일 저녁이었다. 다음 날 출근 생각에 피곤하기도 했지만, 무엇보다도 K와의 통화에서 그녀의 기분을 상하게 했던 것을 떠올리니 K 역시 적어도 오늘만큼은 엄격한 관리자 W와의 만남을 원치 않을 것이란 생각이 문득 들었다. W의 날카로운 공격을 방어하려면 작전타임의 시간은 필요할 것이 아니겠는가. 어쨌든 나름대로 의리가 꿀렁꿀렁 끓어오르는 내가 나서서 '어제 보고 뭘 또 만나냐'며 거부의 의사를 밝혀주었으나, 웬일인지 예상외로 K는 급 만남 제안을 흔쾌히 받아들였다.

한 주의 근황 토크를 간단히 나눈 후 본격적 대화 주제를 선정하는 것이 우리 만남의 암묵적 '룰'이건만 의자에 앉자마자 W는 실실 새어 나오는 웃음을 참지 못한 채 K의 표정을 살피고 있다. 입술이 옴짝달싹하는 것을 보니 하고 싶은 말이 있어 미치겠다는 모양이었다.

"너, 잤지?"

젠장, 깜빡이나 좀 키고 들어올 것이지. 자리에 앉자마자 기습적으로 돌발 숏을 시도하는 W의 도발에 나는 K의 어깨, 그리고 눈썹이 움찔거리는 것을 포착하고야 말았다.

"뭐야, 홍주연이 얘기했냐?"

너와 나 사이의 믿음이 고작 이 정도에 불과하단 말이냐. 최대한 억울한 표정을 지으며 어정쩡하게 손을 들고 항변하려는 나를 또다시 막아서며 W가 다시금 끼어들었다.

"아니, 우리 나이에 척 보면 척이지. 야, 그게 뭐 어때서. 좋았냐? 좋았지? 그니까 바로 사귀기로 했지. 아우, 기지배. 얼마나 끝내줬길래."

그녀는 우리나라에서 가장 강하다는, 온라인 게임 속 부모님의 안부를 물으며 사납게 달려드는 '초딩'들과의 전투에서도 단 한 번도 패배한 적이 없었다. 그래. 갑자기 전쟁이 일어나도 그녀는 어떤 무기 없이 오직 말발만으로 적군을 무찌르고야 말 것이다. 저 빠른 눈치와 상대를 쿡쿡 쑤셔대는 직설적 표현을 보고 들을 때마다 내가 그녀와 적이 아닌, 가까운 친구라서 다행이라는 안도감을 불러일으키곤 하니까.

"음… 어, 뭐, 밥 먹으면서 얘기하다 보니까 대화도 잘 통하고, 술도 한 잔 들어가니까 외모도 괜찮아 보이면서 호감이 확 생기더라고."

K가 다 내려놨다는 듯 어제의 경위에 대해, 그러나 너무나 뻔하고 충분히 예상 가능했던 '낯선 천장' 사태에 대해 술술 이 야기하기 시작했다.

"그래. 야, 네가 좋았음 된 거지. 나는 솔직히 그래. 이십 대 때 는 나도 뭐랄까. 통제권을 갖는다는 게 좀 어려운 문제라고 느 꼈었거든. 근데 삼십 대가 되니까 확실히 주관이 생겼다고 해 야 하나, 그런 거. 내가 제일 이해 안 가는 여자들이 뭔 줄 알아? 남자랑 자고 나서 괴로워하는 애들. 아니 그럴 거면 하지를 말 든가, 아니면 확실히 즐기든가."

이번엔 내 어깨가 움찔했다. W가 열을 내며 강하게 비판하 고 있었다. 틀렸다곤 할 수 없지만 그렇다고 맞장구 칠 순 없는 말들. 그동안 내게도 얼마나 많은 후회와 자책, 그리고 반성의 시간이 있었는지 그녀는 모두 잊어버린 걸까.

"야, 그건 아니다. 그걸 개인의 탓으로 돌리면 안 되지. 아무 리 삼십 대라고 하더라도 우리나라에서, 특히 잠자리 문제에서 는 여자가 주체성을 갖는다는 게 현실적으로 힘들지."

일부러 '현실적으로'라는 단어에 또박또박 힘을 주어 말했다. 현실적으로 섹스를 섹스라 말하지 못하고 잠자리라 표현하는 심리도 마찬가지가 아닐까 생각하면서 슬쩍 쳐다본 K의 가뭇가뭇한 얼굴에서 문득 스물하나의 C가 겹쳐 보였다.

"애매하긴 하다. 하여튼 간에 나는 좀 바뀌었다고 생각하긴 했는데 어떤 애들은 그 주체성을 혼동한다니까. 무조건 그냥 적극적일 줄 알아요. 삼십 대 누님에 대한 로망, 그것도 다 그런 거지 뭐. 안 그러냐?"

왜 모르겠는가. 삼십 대 여자에 대한 성적 대상으로서의 지나친 관심을. 얼마나 많이 목격했던가. 그 참을 수 없이 가벼운 접근들을.

"이십 대 때보다 남자들이 나를 더 어려워하는 건 있지. 근데 아이러니하게도 더 가볍게 생각한다니까."

"어렸을 때는 남자들이 어떻게 한 번 해보려고 막 몇 번 만나보지도 않고 사귀자, 하는 애들 있었는데 지금은 어떤 줄 아냐? 그런 소리도 필요 없는 줄 알아."

W가 웃음을 터뜨리며 말했다. 그러나 조금의 유쾌함이라곤 느껴지지 않는 웃음이었다. 우리 얘기를 가만히 듣던 K가 소주를 한 잔 쭉 들이켜곤 말했다.

"애들아, 너네도 그러냐? 솔직히 말해서 이게 호감인지 아닌지는 잘 모르겠다는 거. 근데 이왕 일이 벌어졌으니 뭔가 수습은 해야겠다는 거. 사귀다 보면 더 좋아질 수도 있겠지?"

W가 작게 한숨을 쉰 것 같기도 했다. K의 손에 들린 빈 소주잔이 약하게 흔들리고 있었다. 이번엔 확실히 내 기분 탓이 아니었다. 어떻게 공감하지 않을 수 있겠어. 그녀의 흔들리는 빈 소주잔에 술을 채워주었다. 나름의 위로를 함께 담아.

○ ● ○

집에 돌아오자마자 옷도 갈아입지 않은 채 침대에 누웠다. 피로감이 확 밀려들어 왔다. 익숙한 내 방 천장이 내 눈앞에 놓여있었다.

몇 주간이나 연락이 끊겼던 스물하나의 C에 비하면 서른둘의 K는 어쩌면 꽤 괜찮아 보이는 것 같다. 연락이 끊길 정도로 괴로워하지도 않았고, 자책하지도 않았으며, 오히려 농담을 던졌고, 자신의 선택임을 인정했으며, 또 자신의 매력 덕이라며 긍정적으로 평가하기까지 하지 않았는가. 그러나 그런 그녀도 상대 남자가 가질 '헤픈 여자'라는 평가의 두려움에는 초월할 수 없었다. 어쩌면 하룻밤을 보낸 남자와 사귀기로 한 K의 선택은 자기 합리화일 수도 있다. 어쩌면 여전히 이런 문제는 상처일 수도 있다. 그러니 어쩌면 이것은 '별일'일 수도 있다.

삼십 대. 우리는 진정 섹스에 대해 비로소 단단한 주관과 통제권을 갖게 된 걸까. 여자의 성적 욕망과 선택을 진정 존중할 수 있게 된 걸까. 어쩌면 그것은 나의 착각에 불과했는지도 모르겠다. K와 나눈 대화를 생각하다 문득, 나는 달팽이를 떠올렸다. 딱딱한 껍데기 안에 감춘 약하고 부드러운 몸을. 달팽이처럼 우리도 조금씩 진화한 게 아닐까. 약한 몸을 감출 수 있는, 상처를 감출 수 있는 껍데기가 전보다 조금은 더 단단해졌듯이.

그러나 달팽이처럼, 어떠한 공격도 하지 않고 자신을 보호해 주는 껍데기만을 평생 짊어지고 사는 그들처럼 나 역시 헤픈 여자 낙인의 두려움을 피하기 위한 방어막 속에서 영원히 살아야 할지 모른다는 생각이 문득 들었다.

슬프게도.

인정하고 싶지 않았지만
나는 몇 번이고 외치고 싶었다.

삼십 대면

쉽게

생각해도 돼요?

쉬운 여자
내겐 너무 무례한 세상

다수의 삼십 대 여자들이 맞닥뜨리고야 마는 불편한 고민거리가 하나 있다.

삼십 대 여자면 쉽게 생각해도 돼요?

누군가에겐 '난 전혀 그런 적 없는데?' 남 일처럼 느껴지는 쓸데없는 고민일 수도, 또 누군가에겐 '무슨 저런 생각을 해?' 란 생각이 들게끔 하는 비주체적이고 고리타분하며 한심한 고민 같기도 하지만, 그러나 나는 어제도, 오늘도 인터넷 속 여러 개의 저 같은 고민이 담긴 페이지를, 그리고 저 같은 고민을 할 수밖에 없게 만드는 페이지를 접한다.

'30대 여자입니다. 첫 만남에 잠자리 이야기를 하는 남자, 왜 이러는 걸까요?'

'나랑 만났던 연하남. 연하 여친 사귀더니 180도 변하더라. 날 이용했던 건가?'

'이십 대 때는 정말 이러지 않았는데, 삼십 대가 되니 이상한 남자들만 들이대요.'

어쩌다 발견하는 귀한 글도 아닌데, 나는 이런 글을 볼 때마다 양가의 감정에 휩싸인다. 남들의 시선과 판단 따위 중요하지 않다는 교과서적이고 모범적인 생각에서 나오는 강력한 비판 욕구와 나만 당당하면 어떡해? 남들은 루저로 볼 수도 있잖아, 하는 못난 불안감에 둘러싸인 공감.

그러나 솔직하게 말해서 이십 대에서 삼십 대의 세계로 넘어가면서 세상이 많은 부분에서 내게 점점 무례해지고 있다는 것을 느끼지 못하는 것은 아니었다. 그러니 저 같은 고민이 결코 '특정 집단'이나 '소수'에 국한된 문제는 아니란 소리다.

○ ● ○

오랜만에 완전체 네 명이 다 모인 저녁이었다. 놀랄만한 일이지만 사실 속으로 살짝 예상했었기 때문일까. K가 짧은 연애를 마치게 되었다는 소식을 전하자마자 우리는 준비라도 한 듯 종로의 한 카페에 곧장 모였다.

연달아 두 번의 이별을 한 탓인지 K의 얼굴은 약간 푸석푸석해 보이긴 했지만 굳게 다문 입에서 오히려 강인함이나 결연함 같은 의지가 느껴졌기 때문에 나는 이내 걱정을 거둬들였다. 그래, 역시 삼십 대 연륜. 두어 번 만나고 관계를 정리하는 것쯤이야 몇 장 읽다 도저히 완독의 자신이 없다고 판단되는 책을 덮는 것만큼이나 별일 아니지 않은가.

"결국, 세 번 만나고 헤어진 거야? 어떻게 헤어졌는데?"

어차피 모로 가도 가야 할 오늘 만남의 목적지. 역시 오늘도 W가 총대를 메고 목표를 향한 묵직한 직구를 던진다.

"음… 아니야, 됐어. 이건 사귀었다고도 말 못 해. 그냥 웃지 못할 해프닝이었다고 치고 넘어가자."

K가 더는 이야기하기 싫다는 듯 다시 입술을 꼭 다물고 고개

를 저었다. 그러나 나는 진심으로 말하기 싫은 눈치가 아닌 것 같은, 아니 오히려 배설해 내 버리고 싶은 것만 같은 K의 미묘한 표정을 포착해버리고야 말았다. 역시 그 틈을 놓치지 않고 나와 눈빛 교환을 한 W.

"흠. 야야, 왜~. 어떻게 된 건데?"

"하. 진짜 이상한 놈이었어."

결국, K가 못 이기는 척, 그러나 기다렸다는 듯이 그날의 전모를 말하기 시작했다.

"내가 그 날 너네 만났을 때도 뭔가 좀 긴가민가하다고 했잖아. 아니나 다를까 다음 날 만났는데, 저녁을 엄청나게 허겁지겁 먹는 거야. 좀 싸했지. 그러더니만 가자고 하더라고."

"집에?"

오, 착하지만 눈치 없는 Y. 산통을 깨는 그녀의 물음에 W가 Y의 무릎을 '탁' 치며 가만히 있어 보라는 입 모양으로 Y의 끼어듦을 저지했다.

"차에 탔더니만, 역시나 모텔 쪽으로 방향을 틀더라니까."

"묻지도 않고? 그건 아니지. 무례하다, 그 남자."

그 둘의 바로 직전의 만남이 '낯선 천장' 사태였다는 것을 이미 잊었다는 듯 내가 말했다. K와 그 남자의 주체적 욕망이 초

래한, 서로의 합의로 일어났던 이른바 '두 번째 만남에서의 잠자리'를 언급하는 것은 왠지 지금, 이 순간은 적절하지 않다고 판단한 까닭이었다.

"더 들어봐. 사귀자고 하고 어쨌든 첫 데이트인데 나도 좀 그런 거야. 그래서 싫은 티를 냈다? 그니까 이 사람이 한숨을 쉬더니만 이렇게 말하는 거야. 'K 씨, 이 나이에 '밀당'하거나 튕기는 거, 진짜 아니지 않아요?'라고."

'모텔 데이트만 고집하는 남자 친구, 일반적인가요?' 나는 K를 바라보며 오늘 아침에도 읽었던, 핸드폰 액정 밖으로까지 불안의 기운이 뿜어져 나오던 한 삼십 대 고민녀의 사연을 떠올렸다.

"그러더니만 내 표정을 보더니 알았다면서 집에 데려다주겠다는 거야. 그러더니 엄청나게 거칠게 운전을 하더라? 화난 것처럼. 지가 왜 화가 나? 나를 어떻게 생각했길래? 진짜 웃기지 않냐? 나도 열 받잖아. 참다 참다 내가 말했어. '근데 저희, 이런 식으로 만나는 건 아닌 것 같아요.' 그랬더니 그 사람이 뭐라는 줄 아냐?"

"뭐래?"

K를 제외한 우리는 합창하듯 묻는다. 그 남자가 뭐래?

"알겠대, 그럼. 일 초 만에."

띠용.

나쁜 결말일 거란 생각은 했지만, 그 정도 반응까진 전혀 예상치 못했다. K가 헤어짐을 고한 줄 알았는데, 이건 명백하게 K가 차인 게 아닌가. 어딘가에서 윙윙 울리는 소리가 나는 것만 같아 나는 머리를 살짝 감싸 쥐었다.

보통은 그런 경우 사과를 하거나, 화해를 위한 대화를 시도하거나, 그것도 아니라면 다음 날 이야기하자고 하는 것이 일반적인 반응이 아니던가? 아니, 관계를 정리할 거라고 하더라도 좀 더 예의 있는 다른 방식을 택하지 않던가? 쿨하다 못해 오싹하기까지 한 '알겠다.'라는 대답이라니. 단 한 번도 겪어보지 못한 매우 놀랍고 생소한 반응이었다.

"야, 진짜? 야, 그 남자 정말 보통 아니다. K, 너 괜찮아? 차라리 금방 정리한 게 다행이야."

Y도 당황스러움을 감추지 못하며 K를 위로했다.

"나도 눈치라는 게 있잖아. 내가 너희한테 말은 안 했지만 사실 만나기 전부터 카톡도 약간 그러긴 했어. 아쉬울 게 없다, 그런 태도? 처음부터 자기가 우위를 점했다고 생각했는지. 야, 그 사람 대체 왜 그런 거냐? 확실히 나한테 호감이 있긴 했는데,

진짜."

"그 사람은 다른 여자 만났어도 그랬을 거야. 그냥 개인차지, 뭐. 네가 잘못한 것도 없고, 의미 부여할 것도 없어. 그냥 잊어."

"서른둘이나 먹어서 이런 자식 만났다는 것도 진짜 쪽팔린다."

나는 내가 할 수 있는 최선의 말을 건네며 K를 위로했다. 네가 잘못한 건 없어. 그냥 그 사람이 그런 사람일 뿐이야. 그러나 난 '분명 내게 호감이 있는 것 같았는데, 대체 무엇이 문제냐'며 그 이유를 찾는 K에게 속으로 아주, 매우, 굉장히 미안해서 결코 입 밖으로 낼 수 없는 생각을 하고 있었다.

'서른둘이라 그런 거야. K야. 그 남자가 했다던 이 나이에 튕기는 것, 정말 아니지 않아요? 라는 말이 무슨 뜻이겠냐. 삼십 대랑 이십 대랑 같냐는 소리라고. 튕기는 것도 정해진 나이에나 그 자격이 주어진다는 뜻이라고. 삼십 대의 여자는 선택권이 쪼그라든 약자라고 생각하는 거라고. 그 사람은.'

그·러·나

어디 그런 경우가 K의 이번 만남뿐이었겠는가. 삼십 대에 접어들면서 묘하게 달라진 태도를 보이는 건 내 주변 역시 마찬

가지였다.

이를테면, 내게 말도 안 되게 나이가 많은 사람이나 나와 전혀 공통점이 없는 사람을 추천하면서 한번 만나볼래? 라고 한다든지, 몇 번 만났던 남자가 결국 마음에 들지 않아 정리했다고 얘길 하면 갸우뚱거리면서 이해를 못 하겠다는 제스처를 취한다든지 하는 행동 말이다. 그러니까, 그들의 태도에서 알아챌 수 있는 속마음은 무엇이냐. 거칠게 말하자면 '넌 이제 젊고 어리지도 않은데, 왜 아직 주제 파악을 못 하고 튕기냐.'는 거다.

한동안 나는 주변인들의 그런 태도에 의문을 품었다. 대체 왜 저렇게 무례해? 그러나 점차 시간이 지나면서 나는 서서히 깨닫게 되었다. 그들의 태도에는 삼십 대 여자는 더는 젊지 않고, 사회적으로 혼기가 꽉 찬 나이이므로 이십 대보다 남자를 고를 수 있는 선택의 폭이 현저히 좁을 것이라는, 또 그런 이유로 관계에 있어서 약자라는 인식에서 비롯된, '삼십 대 여자는 불안하고, 조급하며, 또 안달 나 있을 것'이라는 편견이 깔려있다는 것을, 매우 비참하고, 불편하고, 또 외면하고 싶지만 말이다. 그러니 K의 소개팅남이 던졌던, 'K 씨, 이 나이에 밀당이나 튕기는 거, 진짜 아니지 않아요?'라는 말은 우리를 단지 그 남자의 귀차니즘을 거부하는 오싹한 성격을 탓하는 데에 머무르게 하지 않는다. 그것은 우리를 불편하지만 맞닥뜨리게 되고야 마는 바로 그 고민의 지점으로 인도한다.

삼십 대 여자는 쉽게 생각해도 되나요?

"그때, 주연이랑 나랑 얘기할 때 그랬잖아. 남자들이 이제는 사귀자는 말도 필요 없는 줄 안다고, 더 가볍게 생각한다고."

"어, 인정. 너네도 알잖아. 나 그 연하남이랑 잠수 남."

그래, W의 말이 맞다. 몇 번의 그런 사례들이 내게도 있었다. 모든 일상을 다 팽개치고 몇 주간이나 막무가내로 대시해 오던 리얼 러버, 진정한 사랑꾼 같던 연하남이 알고 보니 오래 만난 −결코, 헤어질 생각 없는− 여자 친구가 있었다거나, 첫 만남에 '정말 너무나 마음에 들어서 그런다'며 무례한 요구를 하더니 내가 거절하자마자 그 호감은 어디다 잡숴 먹었는지 곧바로 잠수를 타던 남자. 이것은 비단 나만의 특수한 경험이 아니었다. 정말로.

"이제 막 남자를 어떻게 알게 되잖아? 이 남자들이 사귀자는 말을 안 해. 연애는 하고 싶지 않다 이거야. 그러면서 욕망을 드러내. 그리고 그것에 대한 죄책감이 없어. 왜냐? 우리가 그걸 당연히 받아들일 것으로 생각을 하거든? 아니 뭐, 받아들일 수도 있지. 원하면 먼저 요구할 수도 있는 거고. 물론 나도 꼭 무슨 여자들이 욕망도 없고, 무조건 기다렸다가 수동적으로 받아들여야 한다는 식으로 말하는 건 아닌데. 내 말은, 우리의 의사와 관계없이 진지하게 만날 생각도 없으면서 단지 쿨한 이미지만 기대한다는 거, 그건 진짜 기분 더럽다니까. 아. 야, K, 네가 그렇다는 건 아니니까 기분 나빠 하지 말고. 그건 그 남자가 진짜 이상한 거고."

W가 열변을 토하고 있다. 나는 연하남가 잠수 님을 떠올리면서 W의 저 연설은 단 한 문장, 한 단어도 지적할 게 없는, 모든 것이 명백하게 옳은 99점짜리라고 생각했다. K를 위로하기 위한 선의의 거짓말에서 딱 1점이 빠진.

"W, 너는 남자 친구도 있는 애가 그런 경험은 또 왜 그렇게 많이 하셨어. 팜므파탈이야? 뭐야?"

"야, 아니야. 나는 항상 남친이 있다고 밝혀. 근데 그런 애들은 내가 남자 친구가 있다는 걸 크게 문제라고 생각도 안 하는 거지. 내가 쿨하게 받아줄 줄 알고, 개자식들이지. 아, 갑자기 존나 빡친다. 그냥 소주 먹자고 할걸. 2차 갈래?"

분위기를 풀어보려 던진 Y의 장난스러운 농담은 실패했다. 그간 쌓였던 것이 많았는지 W는 아주 진지하게 개자식들에 대한 분노를 쏟아냈다. 갑자기 후회가 일었다. 그냥 술 마시자고 할 걸 그랬나? 종로 보쌈 맛있는데. 그 개자식들도 안주 삼아 마셨음 '딱'인데.

"아니, 맞아. 나도 그 날은 정말 내가 원해서 간 거라니까. 아, 근데~, 아 모르겠어. 지금 생각해 보면 그 사람은 날 진지하게 만날 생각이 없었던 것 같아. 만나는 여자가 있던 거 아니야? 야, 나 지금 생각하니까 갑자기 의심스러워. 걔 여자 있었던 것 같아. 아, 내가 왜 사귀자고 했지? 미치겠다. 하, 내가 진짜 쉬워 보였나?"

"너는 여자가 무슨 그런 말을 쓰냐, 너무 그렇게 네 탓이라고 생각하지 말라니까? 곱씹을 필요도 없다니까?"

'누가 더 개자식을 만났나.' 한껏 뜨거워지던 '개자식 배틀'은 '혹시 나 쉬운 여자로 보인 것 아니야?'라는 K의 자책으로 한순간에 차가워지고 만다. 말은 하지 않아도 나는 느끼고 있다. 우리 모두 충분히 공감하고 있다는 것을. 자책으로 끝날 수밖에 없는 K의 비참한 감정에 대해서 말이다.

"야, 우리 이십 대 때는 이런 고민은 안 하지 않았냐? 대체 왜 이러는 거냐?"

○ ● ○

우리가 비록 우리 주변을 죄다 휩쓸었을 정도로 잘 나가던 왕년의 스타급은 아니었지만, 청춘 예찬의 사회에서 나름대로 이십 대 젊은 여성으로서 친절한 환대와 달콤한 가치를 톡톡히 누려봤다는 데에는 사실 아마 이들 중 누구도 이견이 없을 것이다. 그러나 새롭게 들어선 삼십 대의 사회는 그 전의 사회와 절내 같지 않았다.

세상은 우리의 '자존심'을 미묘하게 건들기 시작했다.

자신의 무례한 요구가 거절당하자 바로 잠수를 탔던 그 '잠수 남'처럼 지나치게 호감을 드러내면서 첫 만남에 무례한 요구를 한다거나, 자신의 목적이 달성되더라도 서서히 잠수를 타며 관계를 정리하는 사례들을 나는 주변에서 꽤 많이 보고 겪었다. 특히 서른이 지나는 그 시점부터 말이다.

대체 그들은 왜 조심하지 않던 걸까. 그러한 몇 번의 무례한 사례들을 직간접적으로 겪고 나서야 나는 그들이 상대의 여자에게 매력을 느껴 자연스럽게 호감을 느끼기 전에, 삼십 대의 여자에게는 '금기가 깨진 여자'로서의 이미지를 씌우고 있다는 것을 깨달았다. 이십 대 내내 금기시해오던 여자의 성적 욕망을 드러내는, 성적 실천이 자유로운 쿨한 여자로서의 이미지 말이다. 일상을 내팽개치고 내게 몇 주간이나 대시했던, 사랑꾼인 줄 알았던 연하남은 정말로 사랑꾼이 맞긴 했다. 우연히 보게 된 그의 SNS 속 '진짜 연애'를 하는 수많은 사진은 내가 아닌 '진짜 여자 친구'와의 리얼 사랑꾼임을 증명했으니까.

자존심이 상하고 가슴이 아팠지만 나는 영화 한 편을 본 후 눈물을 주룩주룩 흘리며 결국 인정하고야 말았다.

그는 당신에게 반하지 않았다.

그래. 그는 나에게, 그리고 삼십 대 여자의 '쿨한 여자'의 이미지에 호기심과 로망을 가졌을지언정 나와 진지하게 연애하고 싶지 않았다. 나는 미묘한 협박과 폭력의 세상에 던져졌음을 깨달았다. 수동성이 미덕이 되고 성적 주체성이 금기시되었던 이십 대에서 탈출하면서 새로 진입한 삼십 대의 사회는 내게 얼마간 성적 주체성을 인정해주는 듯 보였지만 동시에 여자로서, 그리고 연애 상대로서의 가치가 떨어지는 '쉬운 여자'의 굴레를 벗어나지 못할 것이란 협박을 해댔다.

보이지 않는 무지막지한 폭력의 세상 속, 관계에 있어서 약자라는 인식에서 비롯된 '삼십 대 여자는 조급하고, 또 안달 나 있을 것'이라는 편견과 '삼십 대 여자는 금기가 깨진 쿨한 여성'일 것이라는 편견들 속에서 우리는 나름대로 그 세상에서 살아남기 위한 규칙들을 만들었다.

이를테면, 그들이 보이는 호감에 '어떤 의도'가 있는 건 아닌지 의심하고 경계하기, 욕망에 응답하더라도 '세 번은 만나보기', 호감을 느껴도 겉으로는 철벽을 치고 방어의 울타리를 두르기, 만만해 보일만 한 틈을 보이지 않기와 같은 '나는 쉬운 여자가 결단코 아니라는 것을 증명하는 규칙'들 말이다.

그러나 아무리 규칙을 세우고 깐깐한 제한을 설정한다고 한들, 사회가 씌우는 '쉬운 여자'의 굴레에서 완벽히 벗어나는 것은 불가능에 가까웠다. 그러니 K처럼 남자가 나를 쉽게 생각했던 것은 아니었을까 전전긍긍한다든지, 누군가를 만날 때엔 내가 쉽게 보일 수 있는 어떤 여지를 남기진 않았나 하는 자기 검열의 강박에서 벗어날 수 있는 탈출구는 유부녀가 되거나, 아니면 그 세계에 관심을 끄는 것뿐이었다.

인정하고 싶지 않았지만 나는 몇 번이고 외치고 싶었다. 삼십 대면 쉽게 생각해도 돼요?

결국, 나는 코웃음을 치며 대체 이런 한심한 고민은 누가, 왜 쓰는 거야? 라고 반응했던 글들을 찬찬히 들여다보기도 했고, 서점 매대에 진열된 연애 코치들의 조언에 관한 책을 슬쩍 집어 들곤 누가 볼세라 조심스레 읽어보기도 했다. 그러나 그들이 자신 있게 제시한 답은 풀이해 보자면 이런 것이었다.

'그렇게 안 보이면 되잖아. 네가 그렇게 행동을 안 하면 되잖아.'

약자가 되고, 쪼그라들다 못해 자존심과 자존감마저 바짝 찌그러지고 뭉개지는 것 같았다.

아, 세상은 우리에게 왜 이리 무례해진 걸까?

아니면 내가 세상에 예민해진 걸까?

대체 무엇이 문제란 말인가?

소주를 마실걸.

나는 다시 한번 생각했다.

못 들은 척,

혹은 못 알아들은 척.

도피의 전략에
차질이 오고 말았다.
초보 캐릭터의 도피 전략은
더는 먹히지 않았다.

관대한 여자
은근한 폭력의 세계. 예민함은 죄악인가

대학생으로 살았던 기간보다 어느새 직장인으로 산 기간이 더 길어졌다. '열렬히'라고는 말할 수 없어도 나름대로 꾸준히, 근면하게 사회생활을 해 온 30대의 평범한 직장인으로서, 학생이었던 때의 나와 지금의 나를 구분 짓는 것은 무엇일까. 몇 년간의 직장 생활을 통해 나는 여유와 웃음, 의욕을 잃었고 아주 약간의 통장 잔액과 함께 흰머리, 팔자주름, 그리고 화병을 얻었다. 그러나 그보다 더 명확하게 얻은 것이 있다면, 아마도 직장인으로서의 필요 역량을 갖추게 되었다는 것이다.

관대한 여자. 그것이 내가 7년간의 직장 생활을 통해 얻은 타이틀이었다.

소주 두세 병을 마셔도 다음 날 또다시 술 약속을 잡곤 했던 예전과는 확실히 다르다. 숙취 해소에 도움이 된다는 음료를 원 샷 했는데도 어제 마신 술은 좀처럼 깰 생각을 하지 않았다. 몇 번의 구역질을 하고 나서 나는 세상에서 가장 깨지기 쉬운 다짐을 한다. 또다시 이렇게 술을 마시면 나는 개다. 정말이지 개다.

"주연 씨, 많이 바쁜가 봐요?"

옆 팀 남직원 정 대리다. 나보다 세 살 정도 많은, 오가다 마주치면 묵례 정도 하는, 워크숍이나 사내 행사가 아니면 대화할 일 없는, 그런 데면데면한 사이. 이 데면데면한 사이의 남자가 굳이 내 자리까지 와서 말을 건다는 것은 내게 명확한 용건이 있다는 뜻인데 나는 도저히 감이 잡히지 않는다.

"아, 아니요. 어쩐 일이세요?"

대답함과 동시에 정 대리의 손에 눈이 간다. 아니, 정확히 그의 오른손에 쥐어진 공식적 형태의 네모나고 빳빳한 흰 종이에 눈이 간다. 아, 이런, 청첩장이다. 참나, 그럼 그렇지, 이것이 아니라면 내게 친근하게 말 걸며 다가올 리 없는 사이가 아닌가.

"하하. 저 다음 달 말에 결혼하거든요. 부담 갖지 말고 그냥 와서 밥이라도 먹고 가요."

밥이라도 먹고 가긴, 벌써 통장에서 빠져나갈 돈을 생각하면 가슴이 찢어질 것처럼 아려온다는 것을 그는 정말 전혀 눈치를 채지 못했단 말인가. 서른둘이 되어 크게 바뀐 것이 무엇이냐고 묻는다면, 나는 첫 번째로 아마도 배로 늘어버린 경조사 비용을 꼽을 것이다. 한 이년 전까지만 해도 청첩장을 받을 때마다 신기하고 벅찬 감정이 있긴 있었던 것 같은데, 이제 내게 청첩장이란 매달 날아오는 고지서보다도 부담스러운 존재일 뿐. 그런데, 정 대리. 우리가 정녕 이럴 사이인가?

'어머, 애인이 있었어요? 정 대리님, 얼마 전에 헤어지지 않았어요? 너 여자 좀 소개해달라고 마주치는 사람마다 조른다는 소문이 파다하게 들리던데요.'

고지서 배달에 언짢아진 비뚤어진 감정을 뾰족한 말과 함께 던져버리고 싶은 욕구가 차오른다.

"아 네. 축하드려요. 그럼요. 당연히 참석해야죠."

그러나 오랜 기간 학습되어 내재화된 사회생활의 '규칙과 질서'는 내 못나고 비뚤어진 속마음을 통제하고 기계적인 부드러움을 최대치로 끌어올린다.

"주연 씨, 다이어트 해? 밥 먹으러 가야지."

이번엔 또 뭐야.

기름 낀 얼굴, 시원하게 벗어진 머리. 벨트를 덮을 정도로 불룩 튀어나와 처진 뱃살. 왠지 일일연속극에서 본 것만 같은, 전형적인 대한민국의 관리 안 한 오십 대 중반 회사원. 민 부장이었다.

"아…, 오늘은 안 먹으려고요."

"어? 얼굴 보니까 어제 술 좀 마셨는데? 딱 보니까 남자들이랑 마셨구먼? 재밌었나 봐?"

"어휴, 요새는 말 거는 남자들도 없어요. 저도 퇴물 다 됐나 봐요. 속상해요."

나는 모나리자를 떠올렸다. 포커페이스가 필요한 시간이었다. 그리곤 얼른 너그러운 표정으로 방긋 웃으며 대답했다. 농담은 농담으로 받아친다. 무려 칠 년이다. 서당 개도 삼 년이면 풍월을 읊는다는데, 칠 년의 내공이면 이 정도 상황쯤이야 이젠 관대하게 넘길 수 있는 기술이 생겨야 맞지 않겠는가.

"에그, 여자가 그렇게 술 마시고 다니면 어떤 놈이 데려가려고 하겠어? 이상한 파리 떼나 달라붙지. 고만 방황하고, 얼른 적당한 남자 물어서 가버려."

사회생활이라는 이름 아래 의지만으로 버티기 힘들게 만드는, 나를 괴롭혀온 요소들은 매우 많았다. 감정노동, 은근한 기 싸움, 오지랖, 또라이 질량 보존의 법칙, 슬럼프와 매너리즘. 그리고 빼놓을 수 없는 중요한 또 한 가지가 있었다. 이 교묘하고 은근한 공격.

상상해 본다. 역공. 만일 민 부장의 말에 '부장님, 방금 말씀, 제가 똥이라는 거예요? 저 기분 나쁩니다. 앞으론 그런 발언 삼가 주세요.'라고 말한다면 어떻게 될까?

갑.분.싸.

침 넘기는 소리마저 거대하게 들릴 정도로 갑자기 분위기가 싸해지고 사무실 안의 모든 사람은 우리의 대화에 귀를 쫑긋 세우고 있을 것이다. 민 부장은 울긋불긋해진 얼굴색과 당황의 기색을 숨기지 못한 채 '주연 씨, 농담을 너무 예민하게 받아들이는 거 아니야?'라고 대답할 것이다. 내뱉은 말을 후회하는 자는 과연 민 부장이 될 것인가, 아니면 내가 될 것인가. 아마 바로 다음 날부터 나는 예민 보스로 불리며 사내 화제의 인물에 등극할지도 모를 일이다.

결론적으로 나는 사람들의 수군거림을 감내할 정도의 용기 있는 사람은 못됐다. 나는 가만히 민 부장을 바라보았다, 어떠한 의도도 담겨있는 것 같지 않은 천진한 표정의 민 부장이 빙글빙글 웃고 있다. 이 주제를 마무리하는 가장 좋은 방법은 '나는 당신의 말에 아무런 반감도 가지고 있지 않다'라고 표현하는 것이다. 나는 민 부장을 향해 부드럽게 미소를 짓는 것으로 대답을 대신했다.

 '직장인 생활백서' 같은 잡지나 특집 칼럼 따위는 몇 년간의 직장 생활을 통해 온몸으로 체득한 실제 경험에 비할 바가 못 되었다. 내가 가진 경험만으로도 이미 '홍 주연의 직장인 서바이벌 가이드', '직장인 생존 비책'과 같은 책을 몇 권이나 출간하고도 남을 판이니 말이었다. 물론 나만의 특별한 처세술이나 비결이 있는 것은 아니었다. 그러나 글과 말을 통한 간접 경험과 직접 경험을 통해 학습된 그것 사이에는 분명 큰 틈이 존재했다. 어찌 되었건 나의 실제적인 경험을 통해 깨닫게 된 직장인들이 갖추어야 할 그 눈치와 역량들은 거창한 업무 능력이 아니었다. 말하자면 이런 것들이었다. 눈치 잘 보기, 맞장구 잘 쳐주기, 항상 겸손을 잃지 않기, 튀지 않고 중간을 유지하기, 적을 만들지 않기 등등. 그리고 그것을 한 줄로 줄여 본다면 이렇다.

'직장에선 튀지 않고 관대해야 무탈하고 장수한다.'

그리하여 나는 관대한 여자가 된 것이다.

○●○

"그전에 말했던 부장? 그 사람 원래 좀 눈치도 없고 그렇다며. 그냥 넘겨."

Y의 전화였다. 십 년이 훌쩍 지난 우정은 음주 다음 날 출근은 제대로 했는지 확인 전화가 오지 않으면 이젠 어색하기까지 한, 견고한 루틴을 만들어냈다.

"맨날 결혼 못 한다고 걱정, 걱정, 아니 그런 오지랖을 떨 수가 없더니만 오늘은 어제 남자랑 합석했냐면서 그렇게 술 마시고 다니면 어떤 놈이 데려가겠냐고 나더러 파리 떼나 달라붙을 거라잖아."

"야, 뭘 그런 걸 가지고 그래. 그 정도면 널 예뻐해서 걱정하는 거네. 착한 것 같은데? 너무 예민하게 받아들이진 마."

"아니, 나도 그 앞에선 기분 나쁜 티 안 냈지. 아니, Y야. 나 그냥 웃으면서 넘겼다니까."

비극은 이 지점에서 온다.

'뭘 그런 걸 가지고 그래.'라는 말은 발생한 문제를 '별것 아닌 일'로 되돌린다. 상처를 주는 누군가의 발언보다도 내가 지닌 예민함이 문제의 시발점이 된다.

'예민하다.'라는 말은 직장인에게 결코 칭찬의 말이 될 수 없었다. 아니 이 말만큼 사회생활에 매우 부적합한 사람을 나타내는 말이 있었던가. '그 사람, 너무 예민하더라.'라는 말에는 '그 사람, 참 둥글지 못하고, 모나고, 아직 덜 깎인 것 같고, 미성숙하더라.'와 같은 부정적 의미들이 내포되어 있었다. 예민함과 반대되는 '둔감함'이야말로 무탈한 직장 생활을 위한 센스를 이루는 하나의 요소였다. 민 부장한테 했던 대답과 태도를 떠올리며, Y에게 내가 얼마나 둔감함의 능력을 발전 시켜 왔는지, 내가 얼마나 관대한 여자인지 더 드러내지 못한 것에 대한 가벼운 후회가 일었다.

"그냥 넘겼지? 난 또. 괜히 일 커지는 줄 알고 놀랐잖아."

"야, 그런 말 하는 것도 용자勇者들이나 하지. 나 쫄보인 거 모르냐?"

"주연아, 우리 회사 용자 알지?"

"알아, 알아. 기억나."

벌써 몇 번이나 들었던 이야기였다. Y의 회사에서 은근히 까내리는 발언을 반복해온 과장급의 선배에게 정색하고 문제를 제기했던 한 패기 있던 신입사원의 이야기. 의외의 일인 건지, 아니면 당연한 일인 건지 그 후로 사람들의 입방아에 더 올랐던 것은 문제 발언보다는 그것을 받아들이는 예민함과 문제를 제기한 당찬 태도였다고. 그 사건을 '하극상'이라 칭함과 함께 말이다. Y는 무척이나 흥분해서 말했다. '사람들이 뭐라는 줄 아냐? 헛똑똑이라면서, 대체 왜 그랬냐는 거야.'

어디 Y의 회사의 신입사원뿐이었겠는가. 둔감함이 모자란 사람은 종종 현명하지 못한, 농담을 농담으로 받아들이지 못하는, 까칠한, 사회성이 부족한, 결국 직장 생활에 적합하지 않은 사람으로 취급되는 것을 나는 여러 번 보았다. 그리하여 그들은 부적응자의 낙인이 찍힌 채 은근히 소외되거나, 아니면 어쩔 수 없이 점차 둔감함을 받아들이는 처세술을 발전시켜 나가는 길을 택해야만 했다.

나는 쉽게 Y에게 동조의 뜻을 나타내진 못했다. 그 '하극상'의 당사자, 그 '용자'가 나의 동료였으면 단박에 진심으로 '잘했다'라고 말해줄 수 있었을까. 조금 전 있었던 민 부장의 발언에

'부장님, 지금 제가 똥이라는 거예요?'라는 소리를 삼킨 것에 대해, 예민함을 드러내지 않은 것에 대해 나는 오늘도 진심으로 안도하고 있었다.

"주연아, 근데 유부녀 되잖아? 진짜 너희 부장? 그런 말은 문제도 아니야."

"뭐가? 어떤 게?"

"야. 너는 막 대놓고 너 앞에서 성적농담은 안 하지? 나는 이제 아줌마라고 같이 재밌자는 듯이 농담치고 그런다니까. 알 것 다 아는 사람 취급하면서. 아, 결혼하고 신혼여행 다녀와서 출근하는 날에 사람들이 막 얼굴 핼쑥하다고 살 빠진 것 같다면서 웃더라."

딱히 유쾌하지 않은데도 불구하고 '유머'로 통용되는, 유독 기혼자들에게 심하게 가해지는 노골적이고 천박한 성적 농담을 나 역시 여러 번 목격해 왔다. 그러나 안타깝게도 기혼자와 예민함은 더더욱 어울리지 않는 조합이었다.

"그럼 넌 뭐라고 하는데?"

"나? 나도 그땐 저희 아직 이십 대잖아요. 젊잖아요. 그랬었지. 야, 나도 이제는 똑같이 받아치지 뭐. 유부넌데."

"Y야, 너? 네가 그랬다고?"

친구 중 가장 모질지 못하고 여린 캐릭터가 아니었던가. 그런 Y가 억센 농담에 함께 맞장구를 치고 있는 상상을 하니 이리도 부자연스럽게 느껴질 수가 없었다.

"응. 결혼하기 전에는 사람들이 막 옆에서 과한 농담 하거나 하면 정색은 못 하고, 대신에 못 알아듣는 척했거든. 지금은 그렇게 못 하지."

Y가 이어 말했다. Y의 말이 옳았다. 사회초년생, 지금보다 외부의 자극에 민감했던 시절에, 예민함을 감추는 것에 서툴렀던 시절에, 어떤 불편한 상황에서 그 불편한 감정을 드러낼 수 없었을 때 우리는 종종 도피의 전략을 사용하곤 했다. 못 들은 척, 혹은 못 알아들은 척. 그리고 그것은 얼마간 효력을 발휘하였다. 삼십 대가 되면서 도피의 전략에 차질이 오고 말았다. 알 것 다 아는 레벨 30의 캐릭터에게 초보 캐릭터의 도피 전략은 더는 먹히지 않았다. 우리는 지금까지 써왔던 도피의 전략에서 벗어나 다른 전략으로 방향을 틀게 되었다.

그렇게 나는 관대한 여자가 되었다.

"때가 묻을 대로 묻은 척한다니까. 난 이제 섹드립은 섹드립으로 받아쳐."

Y가 무심하게 말했다.

○●○

"주연 씨, 점심 안 먹었어? 다이어트하는 거야? 남자들 너무 삐쩍 마른 여자 안 좋아한다. 정 대리 예비신부 봤어? 통통하니 남자들이 좋아하게 생겼더라고."

짧은 치마 입지 말라, 소문 안 나게 처신 잘하라 훈계를 아끼지 않던 이 과장이었다. 낮은 젠더 감수성, 은근하고 교묘한 폭력의 세계는 특정 성별, 특정 문제 인물이 만든 특별한 세계일까. 아니, 결단코 아니다. 나는 이 과장을 향해 부드럽게 미소를 지으며 말했다.

"하하. 나이 드니까 빠져야 할 데는 안 빠지고, 안 빠져야 할 데만 빠지는 것 있죠?"

관대함은 대단한 역량일까? 둔감함이야말로 직장인들이 꼭 갖추어야 할 센스일까?

은근한 폭력의 세계는 늘 견고하게 존재해왔다.

아무리 시간이 흘러도

그 불편한 세계는

좀처럼 변하지 않았고,

나는 이 견고한 질서의 세계가

절대 무너지지 않을 것을 깨달았다.

나는 항복했고, 적응했으며,

점점 도피하는 법을 체득했다.

카톡 읽씹
나는 무엇이 두려워서 도피하는가

[누나 뭐해?]

P의 카톡이었다. 남자 사람 친구를 '남사친'이라 한다면 남자 사람 동생이니 '남사동'이라 해야 할까?

십 년 전 P를 처음 만난 자리였던 4:4 미팅에서의 사랑의 작대기는 이리저리 엇갈려 운명의 사랑이 탄생할 기회를 주지 않았고 결국 아무도 짝을 이루지 못한 채 미팅은 끝이 나고야 말았다. 그러나 비록 남친은 얻지 못했을지언정 이십 대는 연인의 관계 외에도 여러 스타일의 인연이 가능하다고 믿던 시기가 아니었던가. 나와 P 또한 십 년이라는 긴 시간 동안 '아는 누나'와 '아는 동생'의 역할을 충실히 지켜오고 있었다.

[어머, 오랜만. 웬일이야? 누나 출근했지. 벌써 피곤하다. ㅜㅜ]

[토요일에 뭐해 누나? 나 서울 가는데. 얼굴 보자!]

[좋지. 진짜 오랜만에 보겠다. 점심때쯤 볼까? 누나가 밥이랑 커피 쏠게.]

[커피 ㄴㄴ 술 사줘.]

술? 나는 물음표를 입력했다가 다시 지우고 핸드폰을 책상 위에 뒤집어 올려두었다. 성급하게 메시지를 확인해 읽음의 표식인 '1을 없앤 것'을 자책하면서.

○ ● ○

아는 동생의 술 사달라는 단순한 제안에 내가 이토록 주저하는 이유가 무엇이란 말인가.

1) 돈이 없어서

2) 술을 못 마셔서

3) 남자가 매력이 없어서

4) '무엇'인가가 두려워서

돈이 없어서? 현재 애인도 없다. 딱히 고급 취미를 즐기지도 않는다. 그러므로 술 한 잔 사줄 여력이 되지 않는 것은 아니다.

술을 못 마셔서? 한동안 나의 지인들은 홍주연이라는 이름 대신 애주가와 애연가를 합한 '애주연가'로 나를 칭하지 않았던가. 물론 '다시 술 마시면 개'라고 일 년에 수십 번을 다짐하곤 하지만 그런데도 다시 개가 되고 후회하는 것을 반복하는, '알콜 러버'인 것만큼은 확실하다.

남자가 매력이 없어서? 절친에게 흔쾌히 소개해 줄 수 있을 정도의 외모와 성격이니 무난하게 패스하도록 한다.

그럼 '무엇'인가가 두려워서?

단둘이 보는 게 두려운가?

일단 서로 반말을 쓰는 것을 보면 격식을 차리는 불편한 사이는 아니다. 그렇다고 허물없이 친밀한 사이냐 하면 그 정도는 또 아니다. 미묘한 이성적인 느낌이 있었는지 묻는다면 흠, 글쎄 잘 모르겠다. 어쨌든 단체로 여럿이 보기에는 반갑고 단둘이 만나기엔 살짝은 어색할 수 있으나 그리 크게 부담이 될 정도는 아니다.

그럼 술을 마시는 것이 두려운가?

술과 밤이 가져오는 남녀 사이의 그 어떤 미묘한 분위기의 변화는 비단 나만이 공감하는 것은 아닐 것이다. 서른둘, 무려 서른둘이다. 술과 밤이 일으키는 마법의 판타지 속에서 그동안 얼마나 수없이 벼락같이 일어나는 로맨스와 다양한 형태의 만남을 봐왔겠느냔 말이다.

한동안은 만남에 있어서 그 마법의 묘약을 필수 아이템으로 생각하던 때도 있었다. 그 들뜨고 후끈거리는 분위기, 상대방의 매력이 본능을 자극하고 나 역시 어필하고자 하는 매력을 최대치로 발산할 수 있는, 술과 밤은 그야말로 사랑의 '부스터'가 아니었던가!

그러나 가혹하게도 술과 밤의 마법은 썸남, 썸녀에게만 유효했던 것이 아니었다. 그 숱한 로맨스의 사례만큼이나, 아니 어쩌면 그보다 더 많은 실수와 후회의 사례들이 얼마나 꿋꿋하게 역사를 이루며 존재해왔던가.

단지 P이기 때문이 아니다. 이 같은 이유로 단둘이 갖는 술자리는 내게 종종 미묘한 두려움을 불러일으키곤 했다. 게다가 로맨스의 상대가 아닌 자의 '술 한잔하자.'라는 제안은 또 어떠한가. 바로 그 지점에서 파생된 머뭇거림은 결국 나에게 '카톡 읽씹'을 단행하게 하고야 말았다.

"별로. 난 딱히 공감 안 가는데? 단둘이 술 마시는 게 뭐 어때서. 꽐라 될 때까지 마시는 게 이상한 거지. 그냥 아는 동생이라며? 십 년 동안이나 알고 지냈다며?"

'나만 이래?'라는 질문에 매정하게 '응, 너만 그래.'라고 답하는 W. 딱 한 사람의 공감만 있으면 안심이 될 것 같았는데 그저 나의 예민함만 확인하게 된 셈이었다.

"근데 그렇게 친하지도 않은데 굳이 술을 마시자고 하는 건 좀 이상하잖아. 그것도 단둘이."

졸업 이후론 분기별 한두 번씩의 안부 문자, 연간 한두 번의 만남. 단체로 만난 자리에선 자연스레 옆자리에 앉곤 했던 것 같기도 하다. 그러나 그마저도 마지막 만남이 벌써 오 년 전쯤 됐을까. 어쨌든, 생각해 보니 확실하게 '썸'이라고 부를 만한 것은 없었다. 딱히 관심이 있다고 말하기엔 부족하지만 아무런 감정도 없었다고 보기엔, 아주 애매한 그런 사이. 그런 사이에 단둘이 술을 마시자는 제안이 정말 아무 일도 아닌 걸까?

"굳이 술을 먹는 게 아니라 술 아니면 할 것도 없잖아. 아, 그냥 별 뜻 없다니까."

"아니야! 그러면 내가 커피 마시자고 했는데 왜 굳이 술 마시
자고 했겠냐?"

발끈할 일이 아닌데도 발끈해버리고야 말았다. 내 말이 맞는
다고 해봐야 이득 될 것이 없는 것이 분명한데도, 지금, 이 순간
술 마시자는 이 심각한 제안을 사소한 안부 인사로 치부하는
것은 날 더욱더 초라하게 만드는 것 같아 나는 이것이 결단코
사소한 일이 아니라고 항변하고 있었다.

"낮엔 약속 있어서 저녁에 보자고 한 거 아니냐? 야, 그렇게
까지 부담스러우면 못 만나겠다고 그냥 말해."

"흠……. 모르겠어. 생각 좀 더 해보고."

내가 뱉어놓고도 답답하다. 도대체 무엇을 모르겠고 무엇을
더 생각해 보겠다는 것인가. 그러나 내 마음이 시원하게 설명
할 수 있을 정도로 깔끔하고 확실했다면야 '카톡 읽씹'이란 조
치를 했을 리가 없지 않은가.

"병신이냐? 그럼 계속 씹을 거야? 아무리 동생이라도 그건
너무 실례지. 서른둘이나 먹어선, 애야?"

"아, 몰라! 끊는다. 이따 통화해."

병신이라. W 말마따나 병신 같아 보이는 답변이긴 했다. P
와의 카톡 대화창을 열고 보내지도 못할 의미 없는 말을 썼다

가 지우길 반복하면서 몇 번이나 생각해야만 했다. 친한 친구마저도 결코 이해하지 못할 머저리 같은 행동. 왜, 왜, 어린애도 아닌데 나는 도피하고 있는 걸까.

○ ● ○

이미 오래전부터 자연스레 스며들 듯이 알게 되었다. '술과 밤'이 가져오는 힘은 긍정적이든 부정적이든 생각보다 강력하다는 것을. 그것은 스파크가 튀는 강렬한 로맨스도, 몇 날 며칠 머리를 쥐어뜯을 만큼의 후회도 가져온다는 것을. 그리하여 술과 밤을 공유한다는 것은 어쩌면 생각보다 단순하지 않은 문제일 수 있다는 것에 대해.

그러나 언제부터였을까. 여러 선택지 중 '도피'의 선택이 가장 편하다고 판단하게 된 것은.

'술과 밤이 있는 한 남녀 관계에 친구 사이란 없다.'

나는 살면서 수도 없이 이 말을 접했다. 그러나 친구가 있을 수 없다, 있다는 공감과 비공감을 떠나서 나는 이 말을 인정할 수 없다. 술과 밤에 책임을 전가해 실제보다도 많은 문제를 단순화시켜 버리기 때문이다. 현실은 말처럼 단순하진 않다. 예를 들면 아주 흔하게 벌어지는 이런 상황들 말이다.

어느 날, 가깝지도, 멀지도 않은 한 남사친이 실연을 했다며 만남을 제안한다. 1차로 삼겹살을, 2차로는 맥주를 마시고, 마지막으로 남자와 여자는 바에 가서 간단히 칵테일 한 잔씩을 마신다. 이제 집에 가자며 일어나는 여자의 손목을 남자가 잡는다. 손목을 잡은 채 남자는 토끼 눈을 뜨고 여자를 쳐다본다. 그들은 놀라서 동시에 외친다. "왜?"

각자의 당혹감이 담긴 '왜?'의 각기 다른 의미는 겉으로 보이는 것과는 달리 그리 단순하지 않다. 나는 직간접적인 여러 경험을 통해 암묵적 규칙을 얻게 되었다. 술과 밤이 있는 한 친구 사이는 없다는 말 이전에 술과 밤을 공유하자는 제안을 수락함과 동시에 그녀에게 요구되는 어떤 '역할기대'에 대한 규칙 말이다. 그리고 나는 자연스럽게 그 역할기대가 존재하는 세계는 절대 호락호락하지 않으며 생각보다 너무나도 당연하고 견고한 질서라는 것에 대해서도 깨닫게 되었다.

뭐랄까, 그것은 결코 의문을 던지기 힘들 정도로 너무나도 당연한 세계였다. 특히 감성이 둔감하지 않은, 민감한 사람에겐 더더욱 그랬다. 상대방의 생각을 감지하고, 내게 주어진 역할기대를 알아채는 것에 예민했으므로. 그래서일까. 내가 그 역할기대를 충족하지 못했을 때 나는 상대방의 당혹감을 자주 포착함과 동시에 상대의 요구를 거부했다는 것에 대해 미안한 마음을, 아니 나아가 죄책감까지도 느끼곤 했다. 우습게도.

뻣뻣하거나 재수 없는 여자로 생각되고 싶지 않은 마음은 과연 본능일까, 학습된 것일까. 감정을 봉인한 대신 나는 술값을 내가 전부 계산하는 것 등으로 상대를 배려하면서 동시에 내게 씌워진 역할기대에 대한 거부를 최대한 돌려서 표현하곤 했다. 불편했지만, 그런데도 미움받고 싶지는 않았기 때문에. 그러나 아무리 시간이 흘러도 그 불편한 세계는 좀처럼 변하지 않았고, 나는 이 견고한 질서의 세계가 절대 무너지지 않을 것을 깨달았다.

나는 항복했고, 적응했으며, 결국 상처받지 않기 위해 점점 도피하는 법을 체득했다.

[누나 토요일 ㄱㄱ?]

잔인하게도 더 이상의 도피를 할 수 없을 만큼의 상황에 맞닥뜨렸을 때, 그때는 어떤 선택이든 결정을 내려야 한다.

'낮에는 약속 있어서 저녁에 보자는 거 아니냐.'

W가 언급했던, 존재할 수도 있을 다른 경우의 수를 기대하면서 나는 키패드에 손가락을 올렸다. 그래, 십 년이다. 무려 십 년 동안이나 아는 동생과 아는 누나의 역할에 충실해 오지 않았는가.

[누나 약 먹고 있어서 술은 안 될 것 같은데, 간단히 저녁이나 먹을까?]

이 상황에서도 굳이 약을 먹는다는 핑계를 댈 필요가 있을까? 상대방이 당황하지 않도록 최대한으로 돌려 말하는 나 자신이 초라하고 우습게 느껴졌지만, 결정적인 대립을 피하는 것보다 상처를 최소화할 최고의 방법이 없다는 것 또한 이미 알고 있었다.

[헉. 진짜? 누나 그럼 그냥 푹 쉬어. 나 다음에 서울 올라올 때 연락할게. 회복해 놔!]

내 생각이 옳았다는 것을 확인하는 것은 단연코 즐거운 일이 아니다. 반전 따위 없는, 예상했던 결말은 이처럼 불쾌하면서도 찝찝한 뒷맛을 가져오곤 하니까. 술 한잔하자는 제안이 가벼운 안부 인사에 그칠 것이란 W의 말은 이번만큼은 틀렸다. 이제 나는 밥 한번 먹자는 말의 가벼움만큼이나 술 한잔하자는 말에 담긴 무게가 더 묵직해졌음을 알았다. 그리고 그것을 얼마나 예민하게 받아들이고 경계해야만 하는 것인지까지도.

[알았지?]

연달아 온 P의 메시지가 핸드폰 화면을 밝히고 있었지만, 나는 홀드 버튼을 눌러 얼른 액정을 꺼버렸다.

나는 무엇이 두려워서 도피할까?

서른이 되면 두렵지 않을 줄 알았다. 나의 세계가 더는 물렁물렁하지 않고 단단할 줄로만 알았다. 좋고 싫음, 옳고 그름을 명확하게 판단하고 확실하게 표현할 줄로만 알았다.

아니, 그러나 여전히 나는 부담스럽다. 선택권이 주어지지 않는 이 불편한 세계가, 나의 의견 따위는 조금도 반영되지 않은 내게 씌워진 역할기대가.

그리고 여전히 나는 두렵다. 확인하면 상처가 되고야 말, 그리하여 나에게 희망의 가능성을 제거해버리는 그 사실을 들여다보는 것 말이다.

다시 홀드 버튼을 눌러 카톡 대화창을 띄우고 P와의 대화를 삭제했다. 그러곤 눈에 띄지 않게 핸드폰을 매트리스 위로 던져버렸다. 이젠 그의 메시지가 보이지 않는데도 이상하게 심장이 쿵쾅쿵쾅 세차게 뛰고 있었다.

언젠가 P는 알게 될까? '읽씹'의 의미를.
누군가에겐 결코 공감할 수 없고, 무례하며, 또 바보 같아 보이는 행위일지라도 이 불편한 세계에 대차게 반항할 자신 없는 소심하고 예민한 누군가에겐 읽씹, 아니 도피는 상대에게 상처를 주지 않기 위한, 상대에게 상처받지 않기 위한, 나름의 씁쓸한 방어책이었다는 것을.

아. 줌. 마

애써 모른 척 혹은
그 사실을 부정하려 하는 내게
다시 한번 충격의 세계가
묵직하게 훅을 날렸다.

이제 전성기가 끝났음을
인 정 하 라 고 .

아줌마
리즈 시절의 종말을 알리는 신호

[질문] 도대체 어떤 남자가 제대로 된 남자일까요? 어떤 남자를 만나야 할까요?

물론 내가 이 질문에 대한 해답을 일부러 찾아 헤매고 있었던 것은 결코 아니다. 단지 메인 화면에 떠 있는 수많은 글 중 출근길을 심심하지 않게 달래줄 만한, 깊이 생각하지 않아도 될 정도의 가볍고, 단순하며, 복잡하지 않은, 제목에서 풍겨 나오는 적절함이 날 끌어당겼을 뿐이다.

[베스트 댓글] 17개월 예쁜 공주님과 배 속에 왕자님까지 있는, 연애도 해볼 만큼 해보고 알 것 다 아는 30살 아줌마 관점에서 현실

적으로 조언해 봅니다. 저 역시도 아가씨 때 소위 말하는 나쁜 남자한테 데어 보고, 뒤통수도 맞아보고 진짜 여러 번의 시행착오 끝에 이제는 정말 여자라곤 저밖에 모르며 주말엔 무조건 가족들과 함께하고 일 끝나면 후딱후딱 집에 와서 저를 돕는 천사 같은 남편을 만나...(후략)

이 순간 나는 미묘하게 쪼그라드는 것 같은 심정이 된다. 결혼도 하고 자식도 낳고 해놓은 것이 많은 그녀에 비해 내 인생이 보잘것없고 형편없기 때문일까? 수십 개의 공감을 받은 저 유용한 현실적 조언 앞에서 아직 현실 파악도 못 한, 갈 길이 먼 나 자신이 작아 보이기 때문일까?

아니, 그게 아니다.

사사로운 것에 더는 연연하지 않고 달관한 것만 같은 그녀가, 인생 선배라는 아우라로 경험에서 나온 조언을 아끼지 않고 있는 그녀가, 자신을 소개할 때 애 둘 낳은 '아줌마'라 말하는 그녀가 나보다 무려 두 살이나 적다는 사실 때문이다.

아줌마.

사십 대가 아닌, 삼십 대 후반도 아닌, 나보다 두 살이나 어린 서른의 그녀가 자연스레 본인을 '아줌마'라 칭하고 있다. 지금까지의 세계가 붕괴하고 어떤 충격의 세계가 훅, 하고 내 얼굴에 잽을 날리며 들어왔다. 몰랐던 세계, 미지의 세계가 드러난 것이 아니다. 아직 내게는 먼 미래의 일이 아닌가 생각해왔던, 아니 애써 그 사실을 외면하고 있던 내게 '이 바보야! 넌 이미 그 세계에 진입해 있다고!' 하며 강한 펀치를 내리치고 있다.

그래. 서른둘. 씁쓸하지만 아줌마라는 호칭을 아예 들어보지 않은 건 아니었다. 가끔 공원에 나와 강아지와 산책을 하고 있으면 어쩌다 한 번씩 꼬마 아이들이 다가와 '아줌마, 이 강아지 이름이 뭐예요?'라고 묻곤 했었으니까. 나는 '아, 언니 강아지?' 하며 아주 태연하게 그 꼬마들의 실수를 은근히, 그러면서도 확실하게 꼬집어 바로잡고자 하였으나 그때마다 쿵, 쿵, 빠르게 뛰는 심장 박동까지 바로잡을 수는 없었다. 그런 날이면 난 가슴을 진정시키고 평상시보다 오랜 시간 동안 거울 속 내 모습을 찬찬히 들여다보곤 했었다. 아줌마라니, 아줌마라면 적어도 누가 봐도 애가 있을 것 같다거나, 아니면 헤어 스타일이고 옷차림이고 간에 꾸미지 않은듯한 투박한 모습이 눈에 띈다거나 하는 특징이 있어야 하는 것 아닌가!

33

31   25   20   15

30   10

그 투박함, 보편적인 아줌마의 이미지와는 거리가 멀다고 자부해온 나였다. 유행을 좇는 타입은 아니지만, 도시적이며 확고(?)한 스타일을 갖추고 있었으며, 적어도 두 달에 한 번씩은 미용실에 갔고, 서른이 넘으면서는 피부와 몸매 관리에도 신경을 쓰고 있던 터였다. 어쨌든 내게 '아줌마'는 아직은 절대로 인정할 수 없고, 결코 듣고 싶지 않은 당혹스러운 단어였다.

'참나. 고작 서른인 주제에 왜 아줌마래? 듣는 서른둘 민망하게.'

얼굴도 모르는 인터넷 속 베스트 댓글의 서른 살 그녀. 그녀가 원망스러워졌다.

o ● o

[너희 아줌마 소리 들어봤냐?]

오전 내내, 아니 아마도 온종일 내 뇌리를 떠나지 않을 것만 같은 이 우울한 생각을 해치워 버리기 위해서 나는 단톡방에 톡을 날렸다. 이런 내 씁쓸함의 호소에 공감하고 위로해줄 이들은 서른둘 동갑내기의 동지들, 그녀들뿐이지 않은가.

[그저께 지하철에서 어떤 아저씨가 내리면서 아줌마! 쫌, 비켜요. 이러더라.]

K.

[난 아파트 경비 아저씨가 나한테 '아줌마 등기 왔어. 사인하고 가'
이러는데?]

Y.

[나도 남사친들이 아줌마라고 부름]

W까지.

아무리 피부와 몸매 관리에 신경을 쓰며 동안이라고 우겨본
들 생물학적 나이가 삼십 대인 이상 모두가 아줌마라는 호칭
의 공격을 피해가긴 어려웠던 모양이었다.

[아~, 우울하지 않냐? 아줌마 소리 들으면. 남편은커녕 남친도 없는
데.]

두 번의 연이은 이별 이후 별다른 소식이 없던 K였다. 글쎄.
미혼의 솔로 여성에게 아줌마라는 호칭은 오십 대인 우리 엄
마가 할머니 소리를 듣는 것보다 더 충격적인 세계의 붕괴가
아닐까.

[난 결혼도 했고 어떻게 보면 아줌마 맞는데, 아줌마 소리 들으면 사
실 기분 좋진 않지. 자존심 상한달까. 뭔가 이제는 여자로서의 뭐 그런
게 없잖아?]

맞다. 그랬다. 유일한 유부녀 Y의 말처럼 아줌마는 유부녀를 가볍게 부르는 단순한 호칭이 아니었다. 그것이 우리에게 이리도 부정적인 느낌을 주는 것은 단지 나이가 들어 보인다거나, 애가 있을 것 같다거나, 겉모습이 투박해 보인다거나 하는 것의 문제가 아니었다.

사실 그것은 여자의 자존심을 갉아먹는, 아주 민감한 영역의 문제였다.

아줌마라는 호칭에는 상대에 대한 그 어떤 성적, 인간적 호감도 느껴지지 않았다. 아니, 지극히 그 반대에 가까웠다. 억척스럽다거나, 뻔뻔하다거나, 굳세 보이기까지 하는 전혀 매력적이지 않은 속성을 지닌 것이었다. 따라서 듣는 이를 의기소침하게 만들고, 어쩐지 한물간 것처럼 느끼게 하며, 이방인이 된 것만 같은 불안감을 불러내기까지 했다.

그런 이유에서 단순한 호칭일 수 있는 '아줌마'를 거부하는 건 결혼과 자녀의 유무를 떠나 어쩌면 당연한 일일지도 몰랐다. 그것은 영원할 것 같았던, 왕성한 젊음의 시절이 차츰차츰 지나가고 있다는 사실을 다시 한번 되짚어 주었다.

현재 나의 위치는 어디쯤일까. 회사 내 가십걸에서 벗어나게 된 일, 소개팅 제의 역시 전과는 다르게 가물에 콩 나듯 들어오고 있다는 것, 한껏 차려입고 나선 번화가에서 생생한 젊음의 기운에 움츠려들었던 사실들이 떠올랐다. 심장이 쿵, 쿵, 울렸다.

'아줌마'라는 호칭은 '리즈 시절'의 종말이 도래했음을 알리는, 은밀한 신호였던 셈이었다. 애써 모른 척 혹은 그 사실을 부정하려 하는 내게 다시 한번 충격의 세계가 묵직하게 훅을 날렸다. 이제 전성기가 끝났음을 인정하라고.

○ ● ○

[누나, 저 내일부터 상급반 가요. ㅋ]

누나라는 호칭이 이렇게 반가울 수가 있을까. 아줌마라는 씁쓸함의 구덩이에서 허우적대고 있는 나를 꺼내 준 건 중급반의 1번 주자, 파란 수모(水帽)의 문자였다. 같은 중급반 소속이던 파란 수모는 이제 중급반을 떠나 그 위 단계, 상급반으로 승급하게 되었음을 알려왔다.

[ㅇㅇ 그래, 좋겠다]

약간의 질투가 섞여 들어갔다. 나는 평영이 여전히 늘지 않았다. 물을 잡는 느낌도 들지 않았고 몸에는 자꾸 지나치게 붙

필요한 힘이 들어갔다. 킥을 찰 때 허리와 다리는 지나치게 힘이 실려 가라앉았고 충분한 호흡이 가능할 만큼 물 위로 떠오르지도 않았다. 고전하는 나와는 다르게 같은 중급반이었던 96년생, 파란 수모의 그 아이는 이미 자유형, 배영, 평영을 지나 접영까지 진도가 모두 순조롭게 나간 후였다.

접영. 버터플라이(butterfly). 그 동작의 아름다움을 잘 담아낸 이름이었다.

그 몸짓을 보고 있노라면 정말이지 사람의 몸동작만으로도 다른 이들에게 감동을 줄 수도 있다는 생각까지 들곤 했으니까 말이다. 그러나 그 감상과는 전혀 다르게 현재 내 몸의 상태는 온전한 접영은 물론이고 접영 웨이브마저 시도하기도 힘겨운 지경이었다. 가뜩이나 강사에게 너무 뻣뻣하다며 이미 몇번이나 지적받고 있던 터였다. 포기해야 하나, 하는 생각이 점점 똬리를 틀고 있었다. 나이에 대해 의식을 하고 싶지 않아도 이런 신체적 변화는 나를 겸손하게 만들고야 말았다.

삼십 대, 아줌마라는 단어가 또다시 내 머릿속을 휘젓고 있었다.

아니야. 고개를 젓다 느껴진 인기척에 문득 고개를 들어 옆을 보니 육아휴직을 마치고 두 달 전 복직한 김 주임이 커피를 든 채 자리로 돌아오고 있었다. 딱히 친밀한 사이는 아닌 데다 멍하니 다른 생각을 하다 눈이 마주친 것이 민망해 괜스레 그녀에게 말을 걸었다.

"김 주임님, 필라테스 같은 거 배우면 몸이 좀 유연해지겠죠?"

"필라테스도 배우게요? 이것저것 많이 하신다. 정말 대단하네요."

"아, 몸이 너무 뻣뻣해서요. 뭐 수영이랑 같이할 만한 거 없을까 하고요. 김 주임님은 뭐 운동하는 거 없어요?"

"운동 신경도 없고 딱히 재미를 붙이지 못하는 성격이라 아무것도 하는 게 없네요."

"정말요? 내가 김 주임님처럼 타고난 몸매였으면 운동 엄청 열심히 해서 대회 나갔을지도 몰라요. 진짜로."

아닌 게 아니라 김 주임은 늘씬하게 키가 큰 편에다가 팔다리가 쭉쭉 뻗고 두상도 작은 편이라 몸의 균형이 아주 잘 맞았다. 임신과 출산을 겪은 몸인데도 불구하고 군살이 없고 근육이 발달한 것이 본래 타고난 장점인 듯했다. 같은 삼십 대 여자인데 이렇게 다를 수가 있나. 그녀를 볼 때마다 은근히 부러운 감정이 피어오르곤 했던 게 사실이었다.

"에이, 아가씨면 모를까. 전 아줌만데요, 뭐."

심장이 쿵, 쿵, 울렸다. 가장 크고 빠르게.

○●○

사랑하는 누구나가 그렇듯 연애를 할 때 나는 남자 친구가 된 그에게 나만의 애칭을 지어주곤 했었다. 그 이름이 만들어지고 불릴 때, 그는 진정한 나의 연인이 되었다. 호칭은 그렇게 사회 속 관계를 만들어내고, 그 관계 속에서 역할을 부여하며 상대를 의미 있는 존재로 전환한다.

김춘수의 「꽃」처럼 이름이라는 것, 호칭이라는 것은 그런 의미다. 역할을 부여하고 행동을 규정하며 존재의 의미를 따지게 되는. 그러나 아줌마라는 호칭은 단지 여자의 자존심을 뒤트는데 그치지 않았다. 그것은 종종 불리는 대상의 정체성과 존재의 의미를 뒤틀고 '현역에서 은퇴한 자의 역할'을 강요하듯 했다. 사랑, 꿈, 일, 공부 등 분야를 가리지 않고 은근하게, 그러나 당연한 듯이 물러날 때가 됐다며 압박을 해대는 듯했다.

아줌마 국가대표, 뒤늦게 꿈을 이룬 의사가 된 아줌마, 몸짱 아줌마들이 화제에 오른 것은, 그들이 아줌마라는 이름이 부여하는 보편적인 역할에서 벗어난 '튀는' 존재였기 때문이지 아닐까?

내가 사랑에 달관해 조언을 아끼지 않았던 인터넷 속 그녀의 아줌마라는 호칭에 움츠러들었던 것은, 아줌마는 아가씨와는 다르다는 김 주임의 말에 그토록 놀랐던 것은, 여전히 나 자신은 예전과 다름없이 사랑에 도전할 가능성을, 새로운 분야에 도전할 가능성을 가진 존재라고 생각했기 때문이었다. 이제 모든 목표가 상실되어 성장의 가능성을 닫았다거나 인생에 통달하여 현역에서 물러난 존재가 아니라 말이다. 그러니 내가 그토록 '아줌마'를 받아들일 수 없었던 건 그 이름이 리즈 시절의 종말을 알리는 호칭이었기 때문만이 아니었다.

목표와 성장, 열정과 동기, 그리고 가능성마저 사그라뜨려 아줌마라는 좁은 단어 안에 가두어버리는, 그 이름이 지닌 무례함 때문이었다.

그 자체로 찬란히 빛을 뿜던 이십 대의 세계는 지났다. 인생의 리즈 시절 또한 지나고 있는지 모른다. 하지만 그것으로 나의 존재의 의미를 논할 수 있을까.

봄이 가고, 여름이 오고, 여름이 가고, 다시 가을이 온다. 가을이 가고, 언젠가는 겨울이 온다. 매끄럽게 지나가는 이 세계의 변화의 규칙은 당연한 생애 법칙이자 자연스러운 진리일 것이다. 그러나 꽃이 피지 않는 계절이라 해서 가을과 겨울을 의미가 없다 할 수 있을까. 젊음의 한가운데를 벗어났다고 해서 가능성을 잃은 존재라 할 수 있을까. 대체 어느 누가 정의 내릴 수 있단 말인가. 한 사람의 존재 가치. 단순히 한 단어로 가두어둘 수 없는 그 깊고 넓은 본질의 세계를.

요란했던 사랑이 끝난 후,
혼자 오롯이 견뎌내야 할
고통의 시간이 있다는 걸 깨달았듯이
네가 떠난 후
우묵하게 파인 자리에
남겨진 그리움 또한
온전한 내 몫으로 남는다는 걸,
나 는 서 른 이 넘 어 서 야
깨 달 았 다 .

절교
영원하리라 믿었던 우정 서약의 파기

순댓국밥집이었다. 생리 이주 전만 되면 도저히 넘치는 식욕을 스스로 통제할 수 없는 지경이었다. 그럴 때면 밤이건 새벽이건 간에 혼밥으로라도 식욕을 잠재워야만 분출하려 하는 짜증을 다스릴 수 있었다. 주로 칼칼한 스타일의 국밥이나 낙지볶음, 닭발 등의 매콤한 것들이 생리 전 혼밥의 주메뉴로 선택되었다.

[야. E 곧 애 낳는대]

미리 다진 양념이 풀어져 나온 순댓국이 식탁 위로 오르자마자 때맞춰 도착한 W의 카톡은 나와 W와 함께 중고등학교 시절을 보냈던 E가 곧 엄마가 될 것이란 소식을 알리고 있었다.

[근데 애가 안 내려와서 제왕절개 해야 한다나 봐.]

연달아 도착한 W의 카톡은 E의 출산이 마냥 설레거나 반가운 일만은 아니라는, 내게 공감을 은근하게 요구하는 걱정과 우려의 뜻을 내포하고 있었다. 어떤 답을 해야 할까 만들어지지 않은 말들을 머릿속으로 굴려보며 썼다 지우기를 반복하다 나는 결국 답장을 보류하기로 했다.

그것은 나와 E가 공식적으로 절교한 사이이기 때문이었다.

'혼밥'이 절대 용납되지 않던 시절이 있었다. 혼밥은 물론 '혼등교', '혼 하교', 심지어 '혼 화장실'까지도 용납되지 않던 시절. 모든 것을 친구와 꼭 함께해야 하던 시절이 내게도 있었다. 그 시절의 우정의 가치를 과연 어떤 문장으로 대체할 수 있을까. 감히 데카르트의 말을 빌려 표현하건대 '나는 친구가 있다. 고로 존재한다.' 정도의 문장은 돼야 그 우정의 깊이를 어렴풋하게나마 가늠하게끔 할 수 있지 않을까.

존재의 의미까지 생각하게 하는 그 관계는 그러나 생각보다 아주 우연한 계기를 통해 시작된다. 우연히 같은 반에 배정이 되어 우연히 옆자리에 앉게 되었다든지, 우연히 같은 모둠이 되었다든지, W와 나, 그리고 E처럼 체육 시간 2열 종대로 맞춰 선 줄에서 엇비슷한 키로 인해 우연히 함께 앞, 뒤, 옆자리에

서게 되었다든지 하는 매우 사소한 이유로 말이다.

키가 엇비슷하다는 우연한 공통점뿐이었던 사소한 시작의 관계는 그러나 결코 그 정도에 머무르지 않았다. 친구라는 관계가 시작되면서 우리는 우리에게 관계의 사소하지 않음을 증명할 '삼총사'라는 이름을 붙여주었다. 진부해 보이지만 나름대로 그 당시 '핫'했던 캐머런 디아즈와 드류 베리모어, 루시 리우의 기막힌 지성미와 죽이 척척 맞는 환상의 유대관계를 의식한, 썩 괜찮은 이름이었다. 작은 눈덩이를 굴리는 것처럼 특별한 이름이 붙여진 그 관계는 순식간에 불어나 단단히 뭉쳐진 몸집을 내보이며 이제 더는 우연이 아닌, 단순할 수 없는 사이임을 증명해대곤 했다. 그러한 증명의 행위, 삼총사의 우정 부피를 키우는 다양한 공유의 행위들이 있었다.

무엇을 먹었고, 무엇을 했는지에 대한 일상의 공유에서부터 '있잖아…'로 시작하는 첫 남자 친구, 첫 키스와 같은 비밀 이야기들의 공유, '사실은…'으로 조심스럽게 고백하는 복잡한 가정사의 공유와 같은 것들 말이다.

연대와 단합의 행위도 있었다. 내게 고백한 두 명의 남자 중 누가 남자 친구로서 괜찮을까 고민했을 때에도, 외박의 허락을 받아내야 하는 거짓의 시나리오에도, 그리고 인생의 물길을 변화시킬 수 있는 대학 선택에까지 항상 삼총사의 멤버들이 권한을 가지고 참여했다. 그것은 캐머런 디아즈와 드류 베리모어, 그리고 루시 리우, 그녀들이 한 팀이라는 사실에 딴죽을 걸수 없는 것처럼 당연한 일일지 몰랐다.

관계를 농밀하게 만드는 그러한 행위들이 불러온 유대감과 강한 결속력은 우리에게 '진짜 우정', '진짜 친구'에 대한 확신을 가져다주었다. 변치 않을 사랑에 대한 확신으로 영원한 사랑을 서약하는 신랑 신부처럼, 우리는 그렇게 암묵적으로 평생에 걸쳐 가장 견고한 사이일 것임을 맹세했다. 그 때의 우정 서약서가 존재했다면 아마도 이런 내용이지 않을까.

우리는 서로에게 제일의 지지자이자 파트너로서 우리가 평생 만날 모든 관계를 통틀어 서로에게 가식 없이 솔직하고, 어떠한 이해관계도 얽혀있지 않은 채, 가장 믿을 수 있으며 누구보다 가까운 관계일 것을 맹세합니다.

그 어떤 것도 따지지 않은, 이토록 순수한 날것의 '진짜 친구'를 그 시절이 아니라면 어떻게 만날 수 있단 말인가. 가족만큼의 시간을 공유하는 존재. 그 누구보다 단단한 신뢰와 이해를 바탕으로 한 존재. 그리하여 인생에 결코 없어서는 안 될 존재. 그야말로 그녀들은 당시 나의 세계의 전부, 삶의 의미나 마찬 가지였다고 봐도 무방할 정도였던 셈이다. 유유히 흐르는 시간 위에 우리는 켜켜이 우리의 진짜 우정을 쌓아갔다. 가족보다 가까운 내 편. 그것이 당연하게 영원할 것이라 믿어 의심치 않 으며.

절대 변하지 않을 것만 같았던 '진짜 친구', '삼총사'의 관계 에 서서히 미묘한 변화의 조짐이 보이게 된 것은 고등학교를 졸업하면서부터였다. 졸업이라는 것은 우리에게 단순히 법률 상 미성년에서 성년으로의 전환만을 의미하지 않았다. 같은 교 복을 입고, 같은 목표를 가진 채 같은 공간에 머물러 있던 상황 에서 벗어나게 되자 그제서야 같지 않은 나의 취향이 점차 만 들어졌다. 이를테면 돈가스와 파스타를 좋아하는 줄 알았던 나 의 '최애' 음식은 사실 국밥 종류였다는 것, H.O.T. 오빠들의 노래보다 실은 쿵쿵 가슴을 울리는 비트가 강한 힙합을 들을 때 훨씬 더 행복하다는 것, 나와 유독 잘 맞는 술은 맥주보단 소주라는 것에서부터 남자를 만날 때 까무잡잡한 피부만큼은 포기할 수 없는 기준이라는 것들까지도. 항상 함께였던 우리의 라이프스타일 또한 각자 조금씩 달라졌다. 그 전과는 다르게 스스로 결정해야 할 주체적인 선택이 확대되면서.

나와 W는 같은 대학교에, 우리보다 조금 더 치열했던 E는 다른 대학교에 입학했다. 우리는 우리를 옭아매고 속박하던 것들에서 벗어나 각자가 꿈꿔왔던 청춘의 것들에 몰두했다. 내가 생각한 청춘의 이미지는 이런 것들이었다. 새로운 만남, 자유로움, 즐김. 나는 신입생 때부터 내내 댄스부 활동에 빠져 지냈고 클럽에서 파티를 즐기는 것에도 적극적이었으며 미팅도 여러 번 했다. 사실상 공부는 뒷전이었던 셈이었다. 숨 막혔던 고등학교 시절, 그 시절의 묵혔던 한이라도 풀 듯 나는 자유를 만끽했다.

그에 반해 E에게 있어 청춘의 이미지란 교환학생 준비, 취업 스터디, 각종 공모전과 아이디어 경진대회와 같은 것들이었다. 점차 우리를 묶어주던 공통 관심사, 모든 것을 함께할 수 있었던 라이프스타일은 어긋나고 있었다. 그것은 내가 H.O.T. 의 팬이고, E는 젝키의 팬인 것과는 다른 문제였다. 나와 E의 대화를 구성하는 주제들, 그리고 의견까지도 점점 틀어지고 있었다. 만나는 횟수와 연락의 빈도는 눈에 띄게 줄어들고 있었다.

말하지 않아도 우리는 인지하고 있었다. 서서히 삼총사를 유지할 수 있는 조건이 무너지고 있다는 것을.

그토록 견고했던 관계가 연약한 관계로 변모하는 과정은 그것이 시작될 때에 비해 결코 우연적이지 않았다. 젠가의 나무 블록을 하나씩 빼내다 보면 결국 무너지고야 마는 것처럼, 그토록 견고했던 우정을 이루는 블록들이 하나둘 빠지며 우리 관계를 위태롭게 하고 있었다.

여느 날과 같이 삼총사의 모임에서 당시 미팅으로 만났던 남자 친구와의 갈등 이야기를 꺼내게 되었을 때 E는 어떤 공감표현이나 조언도 하지 않고 화제를 돌렸다. 대학생 벤처 창업에 대한 주제였다. 그 순간 나는 화끈거리는 열감이 온몸에 퍼져 나감을 느꼈다. 위험한 자리의 블록 하나가 빠지는 순간이었다. 영원하리라 믿었던 우정의 서약이 흔들리고 있었다.

공통점이 없는 취향과 라이프스타일, 도통 맞지 않는 대화 주제와 각기 다른 가치관. 그것은 우리 관계의 거리가 더는 예전만큼 가까울 수 없다는 것, 예전처럼 모든 것을 함께하는 만남을 지속하기 힘들다는 것을 의미했다. 나는 예전과는 사뭇 달라진, 나와 도통 공통점을 찾을 수 없는 E와의 대화가 예전

만큼 편하지 않았고 그것은 E 역시도 마찬가지였다. 인정하고 싶진 않았지만 그토록 자신 있게 확신했던 '진짜 우정'은 허물어지고 있었다.

대학교를 졸업하고 취업을 하게 되면서, 우리의 거리는 더 벌어졌다. 한 달에 한 번에서 계절마다 한 번, 그리고 일 년에 한두 번 정도로 만나는 횟수는 적어졌다. 더는 우정의 몸짓을 키우는 공유의 행위, 연대와 단합의 행위는 없었다. 다만 순수할 때 만나 쌓아온 관계에 대한 예의이자 의무의 만남이 존재했을 뿐. 그마저도 맞지 않는 모양의 조각을 억지로 끼워둔 것처럼 서로에게 편안함보다는 상처를 남기는 만남이었다. 부케는 대학교 동기가 받기로 했다고, 어느 날 E는 그녀의 결혼을 무미건조하게 알려왔다. 나는 자연스럽게 이별의 순간이 다가왔음을 직감했다.

그리고 그녀의 결혼식에 참석하지 않는 것으로 우리의 우정 서약이 파기되었음을 선언했다.

나는 한때는 영원할 것 같았던, 내 세계의 전부였던, 그리고 나라는 존재의 의미까지 생각하게 했던 친구 E와 그렇게 우정의 종지부를 찍었다. 후련하기도 했다. 맞지 않는 옷을 벗고, 이고 있던 무거운 짐을 던져버린 것처럼 홀가분한 기분이 한동안 계속되었다. 어느 날은 감당할 수 없는 우울감이 밀려오기도 했다. 긴 세월 퇴적암처럼 쌓인 기억이 스멀스멀 떠오를 때, 조각조각 파편처럼 박혀있던 추억이 준비 없이 빼내어 질 때, 그럴 때면 내내 잠잠하던 심장이 걷잡을 수 없이 빠르게 뛰곤 했다. 그러다 온몸이 텅 빈 듯 공허한 마음이 지속되기도 했다. 마치 그 시절이 내게서 통째로 송두리째 뽑혀 나간 것처럼.

왜 나는 너와 이별해야만 했을까.

나는 몇 번쯤 잊히지 않는 E의 번호를 눌러봤었다. 친구라는 관계. 그 마법의 이름이 주는 특권으로 아무렇지 않은 듯 메시지를 보내려 하기도 했다.

하지만 금세 관뒀다.

우리는 여전히 진행형인 연속된 서로의 존재를 인정하지 않았다. 단지 십 대, 그 익숙한 짧은 토막의 상대만을 진짜의 모습이라고 착각한 채로, 어른이 되어가는 상대를 지켜봐 주고 존중해 주는 법을 알지 못했다. 그렇게 더는 미안하다는 말로 치유될 수 없는 생채기를 남긴 채.

다시 돌아간다면 E와의 관계를 그르치지 않을 수 있을까. 그러나 그 아슬아슬한 관계를 다시금 시작한다는 것은 엔가가 무너져 널려있는 토막들 위에 다시 나무토막을 얹는 것만큼이나 위험한 행동이었다. 한 번 깨진 컵은 다시 붙일 수 없다는 명언은 비단 사랑문제에 국한된 말이 아니라는 것을 나는 너무나도 명확하게 알고 있었다.

[야, 홍주연. 언제까지 쌩깔거냐?]

이제야 의도를 드러내는 W의 카톡을 보면서 [어, 영원히]라는 답장을 쓰다가 내가 순대를 모두 건져 뒤집어 둔 밥뚜껑 위에 얹고 있다는 것을 깨달았다. 문득 떠올랐다. 순대국밥의 순대를 건져내 제일 마지막에 먹는 것이 실은 E의 버릇이었다는 것을.

서른이 지나고 다양한 삶의 여정을 거치면서 많은 관계가 모래알처럼 손 틈새로 빠져나갔다. 나는 사그라지는 무미건조한 관계들에 얼마간 익숙해졌고 더는 우정을 감히 데카르트의 말을 빌려 표현하지 않게 되었지만 사실 알고 있었다. 불행하게도 삶의 의미를 돌아보게 하는 여전히 무뎌지지 않은 관계는 존재한다는 것을.

얼마 전, 몇 년 만에 다시 보게 된 영화 〈러브레터〉의 여주인공이 설산 위에서 '오겡끼데스까'를 외치는 장면을 보면서 나는 우습게도 네가 떠올랐다. 잘 지내냐고, 나도 그렇게 소리치고 싶었던 때가 있었다.

요란했던 사랑이 끝난 후 혼자 오롯이 견뎌내야 할 고통의 시간이 있다는 걸 깨달았듯이 네가 떠난 후 우묵하게 파인 자리에 남겨진 그리움 또한 온전한 내 몫으로 남는다는 걸, 나는 서른이 넘어서야 깨달았다.

우정 서약은 파기되었고 영원할 것 같았던 너는 내 곁에 없다. 그러나 한때는 가족보다 가까웠던, 한때는 애인보다 사랑했던 네가 내 안에 쌓아두고 간 것은 어쩌면 내 생각보다 많을 수 있겠다고, 정말이지 사소한 관계는 아니었다고, 순대를 집어삼키며 문득 생각했다.

어쩐지
어렴풋하고 희미했던
어떤 사실이
점점 또렷해진다.
우리는 서로에게
반하지 않았다는 것.

나는 알고 있다.
한 번의 만남이 더 주어져도
스파크가 튀듯
서로에게 빠져드는 일은
일어나지 않을 것을.

소개팅
우리는 왜 서로에게 반하지 않는가

"주연아. 한 번 만나볼래?"

Y였다. 갑자기 생각났다는 듯 소개팅 제안이 Y의 입에서 불쑥 튀어나왔다. 벌써 이년 가까이 연애 중인 W와 아직 지난번 소개팅 실패의 충격이 채 가시지 않은 K가 소개팅 후보에서 제외되었기 때문에 자연스럽게 소개팅 대상자로 내가 선택되었다.

"아니, 내가 예전부터 그 우리 회사에 진짜 괜찮은 부장님 있다고 했잖아. 완전 젠틀하고 매너 '쩐'다는. 그분이랑 진짜 친한 동생이라는데 완전 추천하신대."

'소개남이 어떤 사람인 줄 알고?'라는 내 마음의 소리를 읽기라도 한 것일까. 소개팅 상대에 대한 보장이라도 하듯 Y는 상대편 소개팅 주선자인 그 부장이 회사에 흔치 않게 존재하는 품격 있는 인물이라는 점을 강조했다. 대답은 하지 않고 빨대를 만지작거리며 머뭇거리자 W가 거들었다.

"야, 그래 홍주연, 그냥 한 번 만나봐. 그 정도 분이 추천하신다면 정말 괜찮은 남자일 것 같은데?"

"음…."

새로운 사람들과 새로운 만남을 꽤 즐겨왔던 내가, 학창 시절 미팅에도 적극적으로 참여해왔던 내가 Y의 소개팅 제안에 이토록 주저하고 있는 이유는 뭘까.

벌써 솔로 1년 차. 물론 딱히 거절할 이유는 없었지만 그렇다고 흔쾌히 받아들일 만한 것도 아니었다. 삼십 대 소개팅. 그 언어에는 결혼과 같은 현실적 문제에서 오는 어쩐지 당연한 무거움이 있었다. 그러나 그 문제를 차치하고서라도 굳이 이렇게까지 인위적 만남으로 이성을 만나야 한단 말인가.

방 3개, 화장실 2개, 남향, 로열층, 역세권. 흔히 보는 부동산 전면 유리에 부착된 '오로지 팔리기 위해' 적혀있는 특징들을 접할 때 종종 나는 그 매물의 처지를 가슴 깊이 생각하곤 했다.

주선자에게 평가되고 걸러지는 첫 번째 필터링, 은밀하지만 다소 냉정하게 매겨지는 등급, 상대에게 어필할 수 있는 조건 중 몇 가지의 기준이 충족돼야 비로소 시작되는 만남 등을 생각해 보라. 그것과 부동산 매물의 처지가 어찌 비슷하지 않다고 할 수 있겠는가. 소개팅이 필수적으로 동반하는 그러한 인위적 규칙에 대한 거부감으로 나는 그간 몇 번의 소개팅 제안을 사양하곤 했었다. 그러나 그렇다고 연애까지 포기할 수는 없는 노릇이었다.

회사와 집만을 오가는 보편적인 삼십 대 여성에게 일상을 흔들어놓을 사랑이 기가 막힌 타이밍에, 우연히, 불쑥 찾아온다는 것은 그 어떤 만화책과 인터넷 소설에도 쓰이지 않을 삼류 소재임이 틀림없었다.

그래. 해보지 뭐. 나는 이것이 썩 유쾌한 승낙인 것처럼 보이지는 않게 유의하며 아주 살짝 고개를 끄덕였다.

"주류회사 다니고, 우리보다 나이 세 살 많고, 잠실 쪽 산대. 주연아, 그럼 너 번호 넘긴다?"

'괜찮은 남자는 유부남이거나 게이'

이 문장을 처음 접했던 십 년 전쯤에는 나는 이 말에 공감할 수가 없었다. 웬만한 이십 대의 평범한 여자들에게도 이성의 관심은 당연한 일상이었다. 그런 관심의 홍수 속에서 나는 남자를 만나는 것은 '선택의 문제'라고까지 생각했으니 그 얼마나 오만한 착각이었단 말인가.

그러나 삼십 대에 접어들면서 나는 그 문장이 얼마나 현실을 잘 반영하는 명문이었는지를 깨닫고 있었다. 나는 점차 관심의 중앙에서 주변인으로 밀려나고 있었고 '괜찮은 남자' 역시 점차 시야에서 사라지기 시작했다. 얼마나 많은 만남의 실패들, 얼마나 많은 '하자 있는 남자들'이 있었던가. 선택의 폭은 좁아지다 못해 찌부러져 아무리 매의 눈을 하고 주변을 살핀들 내 마음을 쏟을 만한 '괜찮은 남자'는 찾기 어려웠다.

'우연한 만남'으로 '괜찮은 남자'를 만날 확률은 이제, 마치 감나무 밑에 누워 사과가 떨어지길 기다리는 것과 마찬가지일 정도로 적어졌다. 남들은 잘만 만나는 것 같은데 어째서 내 주변에만 하자 있는 남자투성인 걸까. 나는 이제야 비로소 내 안목의 수준을 의심하기 시작했다. 그러니, 내가 Y의 소개팅 제안을 '덥석' 혹은 '흔쾌히'까지는 아니지만 '마지못해' 받아들인 것은 오히려 삼십 대의 만남에 있어 소개팅이라는 이 인위적이고 작위적인 만남이 상대방에 대한 최소한의 보장을 할 수 있지 않을까 하는 기대감이었다.

어쩌면 소개팅이란 내가 마음을 쏟을 만한 '괜찮은 남자'로 보장된 사람과의 만남. 실패를 방지할 수 있는 장치일지도 몰랐다.

[안녕하세요. 소개로 인사드립니다. 김민석입니다.]

역시 필터링을 거친 덕일까. 다행히 아주 간결하고 담백한 문자였다.

o ● o

아무리 소개팅을 자주 겪어보지 않았다고 하더라도 이 나이쯤 되면 직간접적인 경험에서 비롯된 암묵적인 적당한 소개팅 매뉴얼이라는 것이 생긴다. 서로에 대한 정보를 충분히 갖고 있지 않은 남녀가 처음으로 상대를 알아가는 자리였다, 잘

만 풀린다면 연애의 전초전이 될 수도 있는 것이다. 적어도 서로에게 연애하기에 결격사유가 없는 괜찮은 이성으로 어필하기 위해서는 어느 정도의 매뉴얼을 따르는 것이 안전한 선택일 수 있다는 것이 내 주변의 공통된 의견이었다.

먼저 만남 시각은 토요일 네 시 반으로 정했다. 이 정도면 꽤 무난한 선택이다. 요새는 애매한 시각에 만나 커피 한 잔 마시고 인연이 아니다 싶으면 바로 일어나는 것이 하나의 추세라고는 하지만 나로서는 너무 빨리 만나 해가 쨍쨍 떠 있을 때 서로의 뒷모습을 보자니 어쩐지 민망하고, 그렇다고 밤늦게 만나 밤늦게 헤어지자니 첫 만남에 술이라도 한잔하게 되다 취하진 않을까, 그게 아니더라도 다음 날 몰려올 피로감이 부담스러웠다.

오후 네 시 반. 약간 이른 듯한 식사를 한 후 커피를 마시고 헤어지기에 그런대로 괜찮은 시각이었다. 다음으로 소개팅 장소는 논현역 3번 출구 앞. 이것 역시 나쁘지 않다.

소개팅 시간과 장소는 정해졌다. 이로써 상대를 만나기 전부터 넘어야 할, 은근히 신경 쓰이는 첫 번째 관문은 무사히 통과한 셈이었다.

이어서 두 번째 관문. 소개팅 참가자로서의 나에 대한 점검이 이루어질 차례였다. 어떤 만남이든 간에 첫인상은 그 사람의 이미지를 거의 결정짓는다고 봐도 무방했다.

누구나 그렇겠지만 나 역시도 한번 새겨진 첫인상을 변화시킨다는 것은 기적에 가깝다는 것을 삼십 이년 연륜을 통해 깨달은 지 오래였다. 게다가 이번 만남은 다른 만남도 아니고 무려 소개팅이다. 한 번의 실수로 첫인상을 망치게 된다면 시작도 하기 전에 관계가 끝날뿐더러 그에게 내 이미지는 매력 없던 소개녀 3 정도로 영영 박혀 버릴 것이었다. 물론 소개팅남이야 한번 보고 말아도 상관이 없다지만 주선자 또한 나로 인해 쌓아왔던 평판을 잃게 될지도 모를 일이었다. 그러니 나뿐 아니라 Y를 위해서라도 첫눈에 좋은 인상을 심어주기 위해 최대한으로 신경을 써야 할 의무가 있었다.

외모. 당연히 첫인상에 가장 크게 영향을 미치는 요소는 외모다. 사실 수지처럼 예쁘면 뭘 어째도 통과다. 그러나 타고난 외모는 어쩔 수 없고 나는 수지가 아니다. 내가 신경 써야 할 부분은 뭐니 뭐니 해도 스타일링이었다. 안 그래도 30대 여성의 소개팅에는 결혼을 염두에 있을 수 있다는 결연한 분위기를 풍기기 딱 좋았다. 누가 봐도 샵에 들렀다 온 듯한 모습은 자칫 작정했다거나 안달 난 이미지로 비칠 수 있었다.

오버는 금지다.

패션 매거진에서 툭 튀어나온 듯한 패션피플 느낌의 의상이라든지, 레이스가 주렁주렁 달린 공주풍 드레스라든지, 타이트한 원피스, 메탈장식 등의 섹시한 스타일링은 자칫 너무 과한 이미지를 심어주거나 심리적인 거리감을 증가시킬 수 있었다. 너무 노력한 것 같진 않지만, 그럭저럭 세련돼 보이는, 소개팅의 정석 스타일링 콘셉트를 따르는 편이 가장 무난하지 않겠는가.

이 나이쯤 되면 상황에 맞는 옷들이 척척 옷장에서 꺼내어질 것 같은데, 옷장을 열 때마다 대체 내가 무엇을 입고 다녔는지 의심이 될 정도로 옷이 없다는 것은 십 년째 풀리지 않는 미스터리였다. 고심 끝에 친구들 결혼식 때 이미 몇 번 입었던, 유행을 타지 않으며 자연스러우면서도 가장 세련돼 보이는 상아색의 원피스에 심플한 검정 펌프스 힐을 선택했다. 머리는 밑으로 묶어 뒤로 늘어뜨렸고 액세서리는 귀에 딱 붙는 작은 귀걸이만 착용해 과해 보일 수 있는 스타일링은 피했다. 어쨌거나 이만하면 비호감의 인상을 주진 않을 것으로 생각하며.

토요일 오후 네 시 이십 분. 논현역 3번 출구 앞에 다다르자 시야에 소개팅 남자 후보로 보이는 몇몇 남자들이 보였다. 이 중 대체 어떤 남자가 나의 소개팅 상대일까. 카톡 프로필에 아무 설정도 해놓지 않았던 오늘의 소개팅남 김민석 씨. 어떤 사진도 어떤 대화명도 없다는 것은 다행히 허세는 걱정하지 않아도 될 사람이라는 뜻일까. 아니, 어쩌면 숨기는 게 많은 스타일일지도 모른다. 그러나 단지 그것만으로는 어떤 남자일지, 어떤 취향을 지녔을지 가늠하기 어려웠다.

제발 첫 만남에 절로 탄식이 나오는 외모와 옷차림은 아니기를 바라며 나는 슬쩍슬쩍 출구 앞에 서 있는 남자들을 스캔하기 시작했다. 모두 처음 보는 남자이지만 이 중에서 누군가는 어쩌면 나와 연인이라는 관계까지 발전될 수도 있다고 생각을 하자 긴장한 탓일까. 입술이 마르고 침이 절로 꿀꺽 넘어가는 것이 느껴졌다. 여러 후보 중 스트라이프 티셔츠에 슬랙스를 받쳐 입어 깔끔한 옷차림을 한 남자가 눈이 마주치자 가볍게 내게 목례를 했다.

"식사 안 하고 오셨죠? 예약해 둔 곳이 있는데, 바로 가시죠."

고맙게도 그가 예약해 둔 음식점은 예상했던 대로 파스타와 피자를 전문으로 하는 레스토랑이었다. 잘생겼다고는 말할 수 없고 요새 말로 상견례 프리패스상까지는 아니지만, 결혼 적령기의 지인이 '이 사람, 나랑 결혼할 사람이야.'라며 소개한다면 '아~'할 정도의, 썩 무난한 인상의 남자가 내 앞에 앉아있다. 사실 첫 만남은 늘 안면근육이 내 뜻대로 움직여지지 않을 정도로 어색하지만, 상대가 맘에 들지 않는 상황보다 불편한 것은 어색한 침묵 이리라. 소개팅 참가자로서 우리는 서로 이 상황쯤이야 익숙하다는 듯 무난한 소개팅 대표 메뉴를 주문하며 자연스럽게 대화를 시도한다.

"주연 씨, 카톡으로는 말투가 좀 딱딱해서 차가운 분일 것 같았는데 실제로 뵈니까 인상이 되게 부드러우시네요. 그런 소리 많이 들으시죠?"

아니요?

대체 이게 무슨 소린가. 인상이 부드럽다는 소리는 삼십이 년 인생 단 한 번도 들어본 적이 없다. 과연 이 사람은 시력이 안 좋거나 눈썰미가 꽝인 걸까, 아니면 원래 이렇게 입에 발린 소리를 자연스럽게 하는 스타일일까. 글쎄, 그건 알 수 없다. 그러나 한 가지 명확히 알 수 있는 것은 그가 이처럼 가벼운 칭찬과 농담을 곁들이며 어색한 분위기를 풀어내려 애쓰고 있다는 점. 갑자기 내 앞에 있는 이 무난한 인상의 사내가 무척이나 가 없게 느껴지기 시작했다.

"아…, 네. 민석 씨도 인상 좋으세요. 맞다, 주류회사에서 일 하신다고 들었는데, 술 접할 기회가 많지 않아요? 부러워하는 사람들 많을 것 같은데."

나 역시 사전에 내게 주어졌던 아주 약간의 정보들을 자연스 럽고 부드럽게 얘기하기 위해 부단히 노력하고 있다. 어디서 수강료를 내고 배운 것도 아닌데도 나는 마치 어떤 드라마에 서 쉽게 볼 법한 보편적인 소개팅녀의 역할에 몰입하고 있다. 대화는 진부하지 않게, 그리고 질문을 활용하며 최대한 공감대 를 형성하라. 아, 호감을 상승시키는 엷은 미소는 필수다.

"하하. 아니요. 그렇게 생각하는 사람들이 많은데 술은 잘 못 해요. 중고등학교를 미국에서 나왔는데, 학생 때 처음 우연히 술 마시고 꽤 고생했거든요. 그 후로는 잘 안 마시게 되더라고 요."

그는 은근하게 본인의 유학 생활을 대화 안에 녹여내며 내게 자신에 관한 몇 가지의 정보를 던져준다. 학창 시절을 미국에 서 보내고 한국의 괜찮은 대학 졸업. 그리고 현재는 주류회사 의 과장 직함을 달고 있는 그. 아마도 그는 부모님의 물질적 관 심과 전폭적 지원 아래 부족함 없이 성장했으리라. 눈을 감고 그를 떠올려보려 하면 얼굴의 어떤 특징도 전혀 떠오르지 않을 정도로 마냥 무난한 인상으로 보였던 그의 얼굴이 이제는 궁핍과 어려움의 의미를 결코 알지 못할 것 같은, 전형적인 엘리트 코스를 밟은 이처럼 느껴졌다.

나 역시 마찬가지로 그에게 몇 가지 정보들을 슬쩍 던져준다. 나름대로 건전한 라이프스타일, 그나마 보통의 사람들이 괜찮다고 여길법한 장점들. 그리하여 만일 우리의 관계가 진전된다고 하더라도 딱히 문제가 없을 만한 사람임을 어필한다. 내가 이 사람에 대해 가지고 있거나 반대로 이 사람이 나에 대해 가지고 있는 호감도에 대해서는 지금은 생각하지 않는다. 다만 한참 유행했던 짝짓기 프로그램에서 중간평가로 여겨지는 도시락 데이트를 떠올리며 최선을 다할 뿐. 모든 남자의 마음을 사로잡는 '의자녀' 등극까지는 안 되더라도 누구에게도 선택을 받지 못해 밥을 혼자 먹게 되는 굴욕만은 피하고 싶은 심정이랄까. 주선자도 걸려 있고, 나름대로 목적을 가지고 나온 자리. 결코, 가벼운 만남은 아니다. 적어도 허무하게 까이고 싶진 않다.

시간 안에 최대한 상대에게 어필할 수 있는 자기 PR을 하는 것이 오늘 만남의 과제인 듯, 식사하고 커피를 마시는 우리에게 주어진 세 시간 동안 우리는 상대방이 기분 좋게 여길만한 서로에 대한 칭찬과 거북하지 않을 정도로 적당히 각자의 PR에 집중했다. 그렇게 우리는 어떤 문제 없이, 아니 오히려 만족스럽다고 할 수 있는 정도로 오늘의 만남을 마무리했다.

오늘의 만남과 대화를 통해 알게 된 정보들. 그는 유복한 집안에서 건실하게 살아 훌륭하다고 말할 수 있는 직장에 다니고 있었고, 술과 담배를 즐기지도 않았으며, 외국에서 오래 지내 나름 깨어있는 사고를 하고 있었다. 나는 그에게서 어떤 결함도 발견하지 못하였다. 누가 봐도 나무랄 데 없는 남자임이 틀림없었다. Y가 말한 대로 확실히 보장된 남자였다. 왜 Y의 신임할 수 있는 상사가 그토록 추천했는지도 나는 너무 잘 알 것 같았다.

그러나 과연, 그와 연애를 할 수 있을까?

그 모습이 쉽사리 그려지진 않았다.

o ● o

씻지도 않은 채 베개에 얼굴을 파묻었다. '괜찮은 여자'로 보일 법하게 행동하는 소개팅 매뉴얼에 따라 나 역시도 맡은 배역에 최선을 다했다. 연극 무대가 끝나고 막이 내린 후의 연극 배우의 심정이 이럴까. 생각보다 지나친 에너지 소모 탓인지 피로감이 확 밀려 들어왔다.

[주연 씨. 오늘 즐거웠습니다. 나중에 한 번 봬요.]

때맞춰 소개팅남의 카톡이 도착했다. 그는 정말로 오늘의 만남이 즐거웠을까. 여전히 비워진 프로필 사진 탓인지 그의 감정을 가늠하기 힘들다. 그러나 '나중에'라는 단어에는 왠지 모를 애매함이 묻어있었다. 어쩐지 어렴풋하고 희미했던 어떤 사실이 점점 또렷해진다. 우리는 서로에게 반하지 않았다는 것. 나는 알고 있다. 한 번의 만남이 더 주어져도 스파크가 튀듯 서로에게 빠져드는 일은 일어나지 않을 것을.

왜 우리는 서로에게 반하지 않는가?

이만하면 괜찮을 것 같은 조건들로는 부족한 걸까? 자신도 모르고 있던 심각한 결격사유가 있었던가? 아니, 서른이 넘어 기준이 더 까다로워진 걸까? 나 자신도 모르게 눈이 높아진 건 아닐까?

글쎄. 소개팅은 '괜찮은 이성'으로 보장된 사람과의 만남, 실패를 방지할 수 있는 장치인 것은 어느 정도 맞았다. 그 역시 종합적으로 따져봤을 때 Y의 신임할 만한 직장 상사가 추천할 정도로 건실하고, 예의 바르며, 사회적으로 능력까지 갖춘, '괜찮은 남자'인 것 또한 맞았다. 그러나 결격사유가 없고 많은 조건을 충족시켰다고 해서 그것이 사랑에 빠질 수 있는 조건과 꼭 맞게 부합하는 것은 결단코 아니었다. 거기엔 낭만적 사랑을 기대할 수 있는 그 무언가가 빠져 있었다.

예상할 수 있는 매뉴얼 같은 만남의 과정, 어디선가 여러 번 본 것 같은 장면으로 채워진 시간 속에서 과연 우리는 상대방과 진심으로 교감할 수 있을까. 마치 모래시계를 엎어둔 것 같은 세 시간의 정해진 시간. 진짜 나 자신의 모습이 아닌 '소개팅녀'와 '소개팅남'의 역할로 위험부담 없는 안전한 매뉴얼을 따르며 과연 어떻게 사랑에 빠질 수 있단 말인가.

요새 유행하는 소개팅 앱의 광고처럼 어쩌면 누군가에게는 연애 또한 객관적인 기준으로 최적화된 상대를 추려 만나는 것이 오히려 효율적이고 합리적인 방법일지 모른다. 그러나 그 합리적 방법이 과연 사람의 감정까지 재단할 수 있을까. 몇 번의 필터링과 조건의 맞춤, 안전한 매뉴얼을 따른 만남은 최악의 인연을 막아줄지 모르지만 그것이 최선의 인연이라는 보장은 없다. '낫 배드'는 말 그대로 '낫 배드' 일뿐, 결코 '베스트'가 될 수 없다. 결격사유 없는 '괜찮은 이'와의 무난한 만남은 그저 괜찮고 무난한 경험만을 안겨줄 뿐이다.

오랜만의 소개팅은 정말이지 나쁘지 않았다.

그러나 중요한 것은 감정이 억제된 무난한 역할 놀이 속 우리는 서로에게 반하지 않았다는 것. 그리고 지난 연애들이 그랬듯 여전히 내게 연애란 아직은 낭만적 교감과 동의어란 사실이 아닐까. 이런 만남조차 끊길까 두렵지 않냐고 묻는다면, 그래. 맞다. 그러나 어쩐지 허무함을 가져오는 공허한 만남의 반복. 나는 그것이 더 두려운지도 모른다.

왜일까.
나는 염탐한다.
그것이 단번에
사로잡히고야 말
질투와 시기,
열등감을 선사하는

함정이라는 것을
알면서도.

SNS 염탐
헤어 나올 수 없는 그 은밀한 비교의 함정

요새 들어 출퇴근길 지하철에서 자꾸 사람들의 정수리만 보게 되는 일이 잦아졌다. 수만 개의 머리카락을 헤집고 삐죽 튀어나와 있는 나와 전혀 상관없는 남들의 흰 머리카락을 볼 때, 나는 이들과 함께 노화의 길을 걷는다는 동질감과 함께 참을 수 없이 무거운 애통한 감정에 휩싸이곤 했다.

몇 달 전, 옆머리에 몇 가닥 '발견됐던' 흰머리는 이제 더는 발견의 문제가 아닐 정도로 급속히 늘고 있었다. 어디 그뿐인가. 야심 차게 찍은 셀카 속 가르마가 시작되는 부분은 내가 모르는 사이 어느 순간 휑해져 있었다. 나에게 이런 일이 닥칠 줄은 몰랐다. 어렸을 적 절대 풀리지 않던 수수께끼가 떠올랐다.

왜 아줌마들은 다 비슷해 보이는 단발 파마머리를 고수하는 걸까. 긴 생머리를 할 수도 있고, 머리를 묶어서 스타일리시하게 꾸밀 수도 있는 거잖아. 아니, 그렇게 쉽게 말할 수 있는 문제가 아니었다.

나는 몇 주 전부터 줄곧 해오던 올림머리, 일명 똥머리 스타일을 그만두었다. 앞, 뒤, 옆머리를 쭉 끌어올려 처매는 헤어 스타일은 남들 눈에 흰머리가 눈에 띌 위험성을 몇 배로 높였다. 게다가 휑해진 이마며 정수리는 또 어떤가. 길고 까만 생머리는 이제 결코 선택의 문제가 될 수 없었다. 아마도 십 년, 아니 어쩌면 오 년만 지나도 나 역시 휑해진 정수리를 커버하기 위해, 머리카락을 더 부풀리기 위해, 흰머리를 조금이라도 덜 보이게 하는 착시효과를 위해 새치염색과 함께 역사적으로 이어져 내려온 "아줌마 파마"의 바통을 전해 받게 될지도 몰랐다. 그리고 그 파마의 롤 굵기는 시간이 흐를수록 작고 가느다랗게 변하게 될 터였다. 빠글빠글하게 부푼 머리를 한 내 모습을 상상해 본다. 제기랄. 끔찍하다. 만원 지하철 안, 사람들의 뒤통수를 바라보며 악 소리라도 지르고 싶은 심정이었다.

[야ㅑㅇ대박김지연인스타 봄?]

[왜?]

온몸에 끈적끈적하게 달라붙은 잡념을 떼어 내는 W의 카톡이었다. 평소 냉소적인 W의 스타일과는 다른 모습의 오타와 띄어쓰기로 유추해 보건대 이건 당장 누군가에게라도 말해야만 하는, 참을 수 없을 만큼 매우 흥분할 만한 일임이 틀림없었다.

김지연이라면, 나와 W의 고등학교 시절 같은 반 친구로, 상위권 성적에 말수 없고, 수수하며 조용조용한 성격이라 딱히 눈에 띄지 않는 친구였다. 당시 유행과는 거리가 먼 앞머리를 내리지 않은 단정한 단발머리, 도수 높은 두꺼운 안경이 특징이었던 전형적인 모범생 스타일. 비교적 활달하고 외향적이었던 나와 W와는 성향은 반대였지만 점심시간과 쉬는 시간을 틈타 무리 지어 가끔 수다를 떠는 정도의 '나름 통하는 게 있던' 사이였다.

그러나 딱 그 정도에 불과했던 걸까. 고등학교를 졸업하고 서로 다른 대학교에 가게 되면서 우리는 아주 당연하고 자연스럽게 멀어졌다. 언제인지 짐작도 가지 않는 어느 순간 핸드폰 주소록에서 그녀의 번호도 사라졌다. 그래도 전혀 이상할 게 없었던 정도의 사이였다. 종종 고등학교 동창들을 통해 단편적인 소식을 접하는 것이 전부였을 뿐.

[걔 이번에 결혼했나 봐. 근데 인스타에 결혼식 사진 올린 것 봤는데 막 하객 중에 연예인도 있더라]

[글쿤 ㅋ 나 근데 걔랑 서로 팔로우도 아님 ㅋㅋ]

'평범하지 않은' 김지연의 결혼 소식을 알리는 W의 카톡에 나는 'ㅋㅋ'를 덧붙이며 그게 무슨 별일이냐는 듯 짐짓 담담함과 무신경함을 눌러 담은 답장을 보냈다. 아무리 W와 모든 비밀을 나누는 사이라 해도 이것만큼은 절대 들키고 싶지 않았다. 사실 나는 지연이가 결혼했다는 사실, 신혼집이 이촌동의 평수 큰 아파트라는 사실, 그리고 그 남편이 집안도 좋고 인맥도 굉장한 사업가라는 사실까지도 이미 알고 있었다는 것을 말이다.

어떻게 알았냐고? 이미 옛 고교 동창 김지연의 인스타그램은 나의 비밀스러운 염탐 공간이 된 지 오래였기 때문이었다.

인스타그램을 켜고 검색 버튼을 누르니 제일 위에 요새 '핫'한 인스타 스타, 그 밑에 이제는 과거가 돼버린 예전 썸남, 그리고 세 번째에 지연의 아이디가 떠 있다. 이건 무슨 의미인가. 그만큼이나 내가 몰래 엿보는 행위가 잦았다는 뜻이다.

클릭.

바둑판 형태의 여러 장의 사진들이 한눈에 들어온다. 나의 학창 시절을 지배했던 싸이월드 스타일의 구구절절한 텍스트는 이곳에선 생략된다. 그러나 인스타그램 시대는 내게 분명히 말하고 있다. 한 장의 사진이 몇 줄의 글보다 더욱 강렬하게 표현된다는 것을.

소셜미디어 시대의 도래는 신(新) 감찰 패러다임을 함께 가져왔다. 이제 은밀한 염탐이 시작된다. 지연이를 만나지 않아도, 지인들에게 건너 듣지 않아도 바둑판을 구성하고 있는 몇몇 장의 사진들만으로 나는 김지연의 삶을 나름대로 조립해 볼 수 있는 것이다.

서른둘 김지연. 백 장이 조금 넘는 사진들로 짐작해 보건대 그녀는 어렸을 적부터 부모의 아낌없는 지원으로 하고 싶은 것은 하고, 배우고 싶은 것은 배우며 꽤 풍족한 삶을 살아온 듯싶다. 어디선가 들어본 것 같지만 누구의 음악인지는 알 수 없는 클래식을 피아노로 능숙하게 연주하는 그녀의 동영상은 그녀의 교양 수준과 함께 유복함의 수준 또한 증명하고 있다. 학창 시절엔 왜 미처 몰랐을까. 삼류 만화책에서나 볼 수 있던 설정이지만 도수 높은 안경에 가렸던 미모는 내 예상을 한참 뛰어넘는 수준이었다는 것을. 물론 필라테스에 웨이트, 에스테틱까지 꾸준한 운동과 자기 관리가 필수적으로 수반되지만 말이다. 여기까지라면 딱 좋으련만 안타깝게도 그녀는 국내 일류대학의 학, 석사를 마치고 현재 대학원 박사 과정에 있다. 이게 가능할까 싶을 정도로 지성미를 모두 갖춘 완벽한 인물. 인스타사진들로 조립해 본 김지연의 삶은 넘사벽, 그야말로 '셀럽'의 삶이었다.

가장 최근에 업로드된 사진은 W가 말했던 결혼식 사진이다. 그러나 사실 이미 여러 번 본 까닭에 익숙한 사진이다. 나는 이 사진을 통해 지연이가 특급호텔 결혼식을 올렸다는 것, 그 호텔 결혼식은 내가 아는 몇몇 유명 연예인이 참석했을 정도로 초호화 라인업이었다는 것, 이미 몇몇 친구들이 기혼의 세계로 발을 내딛는 것을 축하해 준 경험이 있긴 하지만 이 정도 규모의 결혼식은 내 주변에서 단 한 번도 본 적이 없다는 것, 그렇게 김지연은 내가 결코 진입할 수 없는 '그들이 사는 세계'에 깊숙이 들어가 버렸다는 사실 또한 알게 된다.

이토록 완벽해 보이는 삶이라니. 팔로워 수는 나의 열 배가 족히 넘고 '좋아요'는 천 개 이상. 그녀의 삶을 부러워하는 댓글

또한 줄줄이 달려있다. 게다가 유유상종이라 했던가. 그녀와 닮은 화려한 일상을 보내는 비슷한 부류의 지인들 또한 여럿이다. 내친김에 결혼식 사진에 태그된 지연이 남편의 아이디까지 클릭해 본다. 함정이라면 역시나 몇 번이나 들어와 본 계정이라는 것이지만.

인터넷 특집 기사에서 본 것 같은 어디인지 익숙한 성공한 젊은 사업가의 부티 나는 자연스러운 미소. 그 미소를 조심조심 확대해보다가 갑자기 덜컥 겁이 나버린다. 내가 이렇게 자기들의 일상을 은밀히 관찰하고 있다는 것을 그들이 짐작이나 하겠는가. 그러나 만일 실수로 '좋아요'의 의미인 하트 버튼을 누르게 된다면? 실수로 오타로 범벅된 댓글을 달아버리기라도 한다면? 십 년이 넘도록 연락 한 번 하지 않은, 이제 친구라 이름 붙이기에도 민망한 사이에서의 이 비밀스러운 염탐 행위를 들키게 된다면? 아마도 약 삼 년간은 종종 자기 전에 떠오를, 매우 수치스러운 '이불킥' 감의 사건으로 남게 될지도 모를 일이었다. 나는 얼른 뒤로 가기 버튼을 눌렀다.

지하철 안, 까만 어둠으로 물든 창에 희미하게 내 모습이 비친다. 조금 전까지 심각하게 걱정하던 흰머리와 적어진 머리숱. 이따위 고민이나 하던 나 자신이 이렇게 초라해 보일 수가 없다.

부럽다. 그러나 부럽다는 말로는 어쩐지 부족하다. 질투 난다. 초라하다. 속까지 쓰릴 지경이다.

[글쿤ㅋ 나 근데 걔랑 서로 팔로우도 아님ㅋㅋ]

[아, 그래? 그래도 나름 친했잖아?]

[ㅋㅋ 그랬나??]

팔로우와 언 팔로우로 인간관계에 대해 논하기엔 우습긴 해도 옛 동창을 팔로우도 하지 않은 채 은밀히 염탐하는 그 초라한 심리를 W에게 들킬세라 나는 건성으로 답장을 하곤 W와의 카톡을 꺼버린다.

지금보다 훨씬 어렸을 적, 텃밭에 줄지어 심어진 어린 작물처럼 나는 우리가 거의 비슷한 모습을 띤 같은 종류의 것들, 같은 그룹의 동등한 일원이라고 생각했다. 우리는 모두 수능만을 목표로 삼은 채 같은 급식을 먹고, 같은 교복과 같은 체육복을 착용하고, 귀밑 십오 센티의 같은 두발 규정에 따라 비슷한 모습을 유지해 오지 않았던가. 같은 목표와 자유를 제한하는 여러 규칙은 당시에는 거부감을 불러일으키는 거대한 족쇄처럼 여겨졌지만, 한편으론 우리가 동등한 한 소속이라는 의식을 심어주었다. 물론 그 안에서 외모와 성적, 옷차림 등 약간 정도의 차이가 존재하긴 했지만 소소한 정도, 딱 그 정도의 수준이었다.

그러나 삼십 대. 우리는 이제 같은 교복에 단지 다른 코트를 입고 있는 정도에 머무르지 않는다. 우리가 신는 신발 가격 차이에, 우리가 메는 가방 브랜드 정도의 차이에 그치지 않는다. 이제 본격적으로 눈에 띄게 수준의 격차는 벌어졌다. 정말 우리가 같은 무리에 속해있던 게 맞나 의심스러울 정도로 십여 년의 세월은 몰라보게 변한 다름의 모습을 가져왔다. 텃밭에 줄지어 심어졌던 비슷해 보였던 어린 작물들은 이제 한눈에 그 차이가 보일 정도로 각기 다른 모습으로 자라났다. 삼십 대의 삶은 같은 교복, 귀밑 십오 센티의 두발 규정, 비슷한 모습을 억지로 만들어 내던 십 대 그 시절의 보호구를 벗겨 버리고 노골적으로 현실의 격차를 보여주고 있었다.

연습게임은 진작 지났다. 삼십 대는 실전이다.

아이템으로 무장한 사람들과, 엄청난 노력으로 실력을 키워 온 사람들 사이에 어떤 필살기도 지니지 않은 기본 캐릭터인 맨몸의 내가 섞여 있다. 나와 그들 간의 차이는 이제 굳이 분석하지 않고도 눈으로 확인할 수 있을 정도로 실재하고 있다. 그렇게 눈에 띄게 벌어져 버린 격차, 그리고 SNS를 통해 한층 더 강해진 노출의 효과로 나는 은밀하고도 명확한 비교 함정에 빠지고야 만다.

왜일까. 나는 염탐한다.

그것이 단번에 사로잡히고야 말 질투와 시기, 열등감을 선사하는 함정이라는 것을 알면서도. 직접 만날 일 없을 지연의 SNS까지 굳이 헤집어 뒤져놓고는 나의 불행함을 함정의 저 밑바닥 속에서부터 끌어내어 결국엔 그곳에 홀로 고립되고야 마는 것이다.

인간에게 기본 3대 욕구가 있다는 말은 틀렸다. 식욕, 성욕, 수면욕, 그리고 또 하나, '비교 욕구'. 그렇게 네 개의 욕구를 기본으로 구성해야 맞을지도 모른다. 생각해 보면 내 인생에서 비교 욕구는 한순간도 빠지지 않고 존재해왔다. 친구들은 당연하고 회사에서도, 아니 학교에서도, 아니 그전에 유치원에서도, 아니 어쩌면 동생이 태어나면서부터. 그동안 인생에 있어 얼마나 많은 비교의 대상들이 있었나. 때로는 나와 일면식도 없던 뉴스 기사 속, 인터넷 안 사람들까지 굳이 검색해가며 내 상황과 비교해대지 않았던가. 평가와 비교는 수많은 관계로 이루어진 사회 속에서 내 인생의 필수 동반자였다고 봐도 무방할 정도였던 셈이다.

사실 가끔은 그 욕구에서 발현된 행위가 내게 안도의 감정을 불러일으킴으로써 불안감을 완화하고 내가 유리한 위치에 있다는 사실을 확인시키기도 했으며, 그것이 하나의 우월감으로 작용해 얼마간은 인생의 작은 행복을 맛보게까지 하기도 했다. 그러나 더 많은 수의 상황에서 그 행위는 성장 욕구를 자극하는데 그치지 않고 부러움과 동경을 넘어서 질투와 열등감, 패배감을 끌어올려 자존감과 삶의 만족도를 단번에 절하시키곤 했다. '시작은 미약하지만 끝은 창대하리라'라는 말은 사실 이런 상황에서나 어울리는 말일지 모른다. 특히나 인생의 여러 사건이 연달아 일어나는 서른이 넘은 시점에서, 고작 옷차림이나 성적의 차이 정도였던 미묘한 격차의 틈은 이제 '창대하게' 벌어지고야 만 것이다. 비교 행위와 그로 인한 부정적 감정의 크기도 벌어져 버린 틈만큼이나 커져 버렸다.

고등학교 시절, 우리와 같은 무리 속에 있었다고 믿었던 그때의 김지연이 입던 코트와 신발은 나의 부모님이 결코 쉽게 사줄 수 없는 것이라는 걸 깨달았을 때보다, 삼 년간 같은 가방을 메고 다녔던 나와 다르게 철마다 다른 가방을 메고 다니는 것을 보았던 그때보다, 친구로서의 거리감이 더욱 멀어져 버린 지금 김지연의 소식에 내가 이토록 위축된 채 패배감을 떨쳐 내지 못하는 이유는 어쩌면 당연한 일일지 몰랐다. 그 미묘했던 차이가 어느덧 자라 이제 우리 사이의 우열을 보다 노골적으로 드러내고 있으니 말이다.

물론 '인정 욕구 충족의 장'답게 누군가 내 인스타를 들여다본다면 내 인스타 속 엄선된 사진들 또한 나를 대신해 나름대로 그럭저럭 행복하게 살고 있음을 증명할 터였다. 그러나 지연이를 비롯한 '넘사벽' 지인들의 소식을 접할 때마다 나는 매번 비교의 덫에 걸리고 스스로 열등감의 구렁텅이에 처박히곤 했다.

과연 나는 이 비교의 함정에서 벗어날 수 있긴 한 걸까?

사실 이러한 비교 행위에 마음을 다스리기 위한 조언은 널리고 널렸다. 나 자신을 사랑하라든지, 분명한 내적 가치관을 세우라는 것이라든지, 쓸데없는 비교에서 벗어나 자신에게 집중하여 나만의 삶을 살라는 것들. 얼마나 많이 접했던가. 차라리 몰라서 괴로운 것이었다면 나았을 것 같은, 유익하지만 어쩐지 뻔한 조언들.

그래, 그 조언을 수용하고 나면 그 순간만큼은 번민에서 벗어나 얼마간 안도할지 모른다. 그러나 단 하루만 지나도, 아니 단 몇 시간만 지나도 나는 다시 제자리로 돌아와 인스타를 누르고야 마는 것이다.

그럼 인스타그램을 탈퇴한다면? 내가 왜? 자신도 없고 그러고 싶지도 않다.

그럼 누구와 비교해도 꿀리지 않을 정도로 우월한 존재가 된다면? 그러나 그쪽은 아예 실현 가능성이 없다. 내가 아무리 기를 쓰고 발버둥을 친다 한들 김지연과 어깨를 나란히 하거나 김지연을 뛰어넘을 화려한 삶을 살게 되는 일은 존재하지 않을 것이다. 드라마가 아닌 이상 인생에 극적인 변화는 여간해선 일어나지 않으니까 말이다.

[지연이 완전 연예인 같더라. 걔 예전부터 예쁘고 착했다니까. ㅋㅋ]

다시 한번 잡념의 세계에서 허우적대는 나를 꺼내 주는 W였다. 그러나 의아하게도 W의 답장에는 어떤 질투나 속 쓰림이 섞여 있지 않은, 오히려 어떤 '쿨'함이 묻어있었다.

'넌 안 부럽냐?'라고 답장을 쓰다가 나는 금세 지워버렸다. 왠지 W의 심정을 알 것 같았다.

다른 누구도 비교하지 않고 나만의 가치관을 세우는 것, 나 자신을 아끼고 사랑하는 것은 눈이 멀어 버리거나 혹은 무인도에 고립돼야만 가능할 일일지 모른다. 그리고 아마 평생을 수련한다고 하더라도 내가 비교 함정에 빠지지 않는 일은 성인(聖人)이 아닌 이상 현실적으로 불가능할 것이다. 지금 나의 상황에선 이상적 해답과는 거리가 멀더라도 차라리 W처럼 부러움을 인정하되 질투의 대상의 후보에서 제외되는, 나와 다른 세계에 사는 아이돌과 같이 여기든가, 그게 아니라면 비교의 덫에 걸리지 않게, 구덩이에 빠지지 않게 유의하며 사는 것이 더 나은 해답일지 모른다.

나는 인정하기로 했다. W와는 다르게 나는 '쿨'함과는 거리가 멀다는 것, 아니, 여전히 지질하고 미성숙하다는 것, 연예인이 건물주가 되었다는 기사의 제목만 보고도 배가 아파 클릭조차 하지 않았던 일이 떠오르는 것을 보니 첫 번째 선택지는 내겐 맞지 않는다는 것까지.

나는 인정하기로 했다. 예전에는 미처 몰랐던, 나와 같은 무리의 동등한 일원이라고 생각했던 김지연은 이제 나와 너무 다른 삶을 살고 있다는 것, '쿨'하지 못한 내겐 이 '다름'이 단순히 인정에 그치지 않고 열등감으로 인도하는 함정이 되기 쉽다는 것, 그리하여 당분간은 그 함정으로 가는 길을 잠시 막아두는 것이 내겐 옳은 길일지 모른다는 것을. 그렇게 나는 나의 검색 목록에 오래도록 머물러 있었던 지연의 계정을 삭제했다.

그것이 '이불킥'감의 흑역사 생성을 방지할 수 있기를, 어떤 것에도 도움 되지 않는 못난 마음을 깊숙이 숨겨둘 수 있기를, 그리고 이 지긋지긋한 비교 함정에서 잠시나마 헤어 나올 수 있기를 바라면서. 사실 지연이 외에도 얼마나 신경 쓸 일이 많은가. 흰머리며, 내일도 내 지각을 벼르고 있을 민 부장이며, 게다가 은밀한 염탐 행위는 전 남친과 그의 현재 여친을 상대로 하기에도 이미 충분히 버거운데 말이다.

종종 이십 대가 그리운 건

한 번도 상처받지 않은 것처럼
사랑할 수 있었던
싱그러웠던 시절의
나를

되찾고 싶기
때문이 아닐까.

연하남

착각의 늪. 그 달콤 씁쌀한 환상에 대하여

[누나 오늘 수영 오죠?]

수영장의 파란색 수영모자, 96년생 박성범의 카톡이었다.

소개팅남 85년생 김민석 씨와는 만남에 대한 예의로, 그러나 그다지 적극적이진 않은 연락을 주고받긴 했다. 명확한 다음 만남의 약속을 잡지 않은 채 아침의 안부, 점심 메뉴의 종류, 퇴근 알림의 '매너 카톡'은 점차 아침 안부만으로, 그리고 며칠에 한 번씩 생사 확인으로, 그러다 우리의 감정만큼이나 모호하게 사그라졌다.

결론적으로 소개팅남과의 두 번째 만남은 없었다. 예의상의 애프터 만남이야 어차피 그다지 재미없고 영양가 없는 일이었을 것으로 생각하면서도, 상대방도 나와 비슷한 마음이었을 것으로 생각하면 가슴 한편에 몽글몽글 피어나는 씁쓸함과 열패감을 인정하지 않을 수 없었다. 친구들에게는 뭐라고 말할 것이며 어떻게 쿨한 척 굴어야 하나. 그것 또한 현실적 문제였다.

[수요일에 누나 안 와서 못 들었죠? 오늘 수영 조금만 하고 회식한대요. 저도 중급반에 껴서 가려고요. 누나 갈 거죠?]

엥?

수영을 시작한 지 몇 달이 되긴 했지만 친밀한 관계는커녕 아직 이름도 모르는 사람들이 대부분이었다. 주 3회를 민얼굴로 수모를 뒤집어쓴 채 헐벗고 만나는 관계의 사람들. 얼굴은 알지만 벌거벗은 몸으로 마주칠 때 인사 대신 은근히 시선을 피하는 아주 애매한 사이. 그들과 치킨 조각을 집어 들고 뜯는 장면을 상상해 본다. 첫 만남에 필수적으로 동반되는 아주 민망한 자기소개 시간이며, 이미 두텁게 친목을 다져둔 기존 회원들 간 대화의 장에서 소외된 채 쭈그려져 있을 내 모습. 그것은 가뜩이나 힘겹게 한 주를 견뎌온 내게 더 큰 피로감을 안겨줄 것이 뻔했다. 무려 불금이었다. 직장인에게 불금이란 굉장히 상징적인 의미가 아니던가. 수영장 회식보다 좀 더 알맞게 불금을 보낼 방법이 있지 않을까?

최근 카톡 대화 리스트를 살폈다.

[96년생 파란 수모, 박성범], [K, W, Y, 88 팸], 그나마 가까운 [회사 동료 1명], 언제 친구 추가를 했는지 기억도 나지 않는 [메***피부과] 광고, [엄마], 그리고 사흘 전부터 조용한 [소개남]과의 대화방이 최근 대화 상대의 전부였다. 회식에 가지 않는다고 해서 딱히 더 재미나거나 유익한 일이 있을 만한 사정도 아니었다. 사실 요즈음 내 일상에는 별다른 '낙'이 없었다. 잠시 고민을 하다, 나는 파란 수영 모자에게 답장했다.

[어디서 하는데?]

o●o

회식 장소는 수영장 근처의 한 보쌈집이었다. 첫 만남에 치킨 뼈를 손으로 잡고 뜯진 않아도 된다는 사실에 안도하며 가게에 들어서니 보쌈집 가장 구석에 열네다섯 명 정도 앉을 수 있게 붙여진 테이블과 이미 세팅된 기본 안주가 누가 봐도 '예약된 단체석'임을 드러내고 있었다. 이미 일고여덟 명 정도가 미리 도착해 자리를 차지하고 앉아있었다.

아직 사람들의 발길이 닿지 않은 가장 왼쪽 테이블의 소파 쪽 자리에 앉아 회식 참여자들을 살펴본다. 아, 수영모자 착용 여부의 차이가 이렇게 컸던가. 대부분의 수모(水帽) 착용은 그야말로 수모(受侮)를 선사한다. 나 역시도 수영을 등록하고 집 화장실에서 수영 모자와 수경을 미리 착용해 본 후 환급을 진지하게 고민하지 않았던가. 그러나 어떤 경우는 눈과 두상, 그리고 헤어 스타일을 충분히 감춰줌으로써 나이 가늠을 어렵게 만들어주기도, 의외로 콤플렉스를 커버해 주기도 한다는 사실을 지금 나는 깨닫고 있었다.

저기 서 있는 적은 머리숱의 낯선 아저씨가 진정 손바닥만 한 형형색색의 파격 삼각 수영복의 주인이 맞을까, 골똘히 고민하고 있을 때 언제 왔는지 성범이가 내 앞에 와 앉아있다. 그래, 어쨌든 너라도 있어서 안심된다. 적어도 아는 사람이 하나도 없어 뻘쭘한 상황은 피할 수 있으니.

"저, 안녕하세요. 여기 자리 있어요?"

요일마다 화려한 수모와 수영복을 색깔 별로 다르게 맞춰 입어 눈길이 갔던 여자 수강생과 항상 기본형의 검정 수영복을 착용하는 뽀얗고 통통한 그녀의 동생이었다. 화려한 그녀는 삼십 대 중후반, 같이 다니는 동생은 이십 대 중반쯤 됐을까.

"아, 이쪽으로 앉으세요."

사실 이름도 모르고 얘기도 한 번 나눠본 적 없지만, 무려 주 3회의 만남이다. 말문만 트지 않았을 뿐 이쯤 되면 웬만한 절친보다 자주 보는 사이가 아닌가. 나는 '기꺼이 환영한다.'라는 의미를 지닌 은근한 미소와 함께 가방과 겉옷을 얼른 치워 자리를 만들어준다. 화려한 수영복의 삼십 대 그녀는 내 옆에, 기본 검정 수영복의 이십 대 동생은 성범의 옆자리에 앉아 우리 테이블은 빈자리 없이 정원이 찬다. 이제 다행히 기존 회원들의 친목 도모 사이에서 초라한 깍두기가 될 걱정은 넣어둬도 될 터였다.

"자자, 다들 자리 앉으셨으면 잔들 채우시고."

어떤 센터이든 그곳의 터줏대감, 모임의 총무 역할과 회식의 사회자를 기꺼이 자처하는 '인싸 아주머니와 아재'는 존재하는 법. 수영장에 시상식이 있다면 대표로 1등 개근상을 받아야 할 우리 반 '인싸' 아주머니가 각각의 분주한 움직임들을 일사불란하게 정리하기 위해 건배사를 준비하고 있다.

"근데 진짜 서른둘 맞아요? 진짜?"

뭐가 그리도 기분 좋은지 싱글벙글 웃으며 각각의 잔에 맥주를 따라주면서 성범이는 전형적인 애송이의 짓궂은 공격을 잊지 않는다. 나이는 왜 유독 여자에게 근본적인 족쇄로 작용하는가. 스물다섯을 반 오십으로 표현하기 시작하면서 그동안 얼마나 무수히 많은 이 유치한 나이 공격이 있었는지.

"야. 너도 이십 대처럼 안 생겼어."

머리로는 젊음이 자랑거리도, 나이 듦이 놀림감의 거리가 아니라는 것을 알면서도, 이 정도 말 같지도 않은 공격에 충격 따윈 없다고 합리화하면서도, 나는 굳이 '너도 나이가 들어 보인다.'라며 노안이 최선의 복수라도 되는 양 유치하게 받아치고야 만다.

"그런데요. 누나, 삼십 대로는 안 보여요."

"어~ 고마워~"

이것도 칭찬이라고 하는 건가 싶어 슬슬 짜증이 올라온다. 안 그래도 요새 들어 눈에 띄는 '애 엄마 같지 않은 몸매', '이 외모, 30대 맞아?' 등의 질 낮은 기사 제목이 얼마나 나를 분노하게 했던가. 대체 삼십 대는 어떻게 생겨야 하길래.

"누나, 그런데요."

또 뭐?

"이쁜 것 같아요."

캑.

또 무슨 짓궂은 장난을 하려나 싶어 고개를 들자 빤히 나를 보고 있는 성범이와 눈이 마주친다. 왜일까. 나는 순간적으로 시선을 피하고 만다. 무방비 상태에서 공격을 당한 듯 어떤 반응도 못 한 채 나는 얼떨떨해지고야 만다.

바로 앞에서 외모를 거론하는 행위는 그것이 어떤 의도를 지녔든 종종 무례한 품평이 되기도 한다. 그러나 '누나'와 '예쁘다'라는 단어가 섞이는 순간 마법의 힘을 지닌 듯 복잡한 문제를 희석해 단순하게 되돌린다. 지금까지 치밀던 짜증과 불쾌함의 감정이 놀랍게도 차분하게 정리되고야 마는 것이다.

"자자, 다들 잔들 드시고, 첫 잔은 원 샷입니다. 자, ○○○ 석천 수영장의 중급반을 위하여!"

때마침 고맙게도 인싸 아주머니의 건배사가 보쌈집에 울려 퍼진다.

나 역시 '위하여'를 작게 외친다. 목구멍 벽을 타고 전해지는 따가운 감각을 즐기며 나는 맥주 한 잔을 가볍게 들이켠다. 뭘까. 지금, 이 순간 나의 잔잔한 일상에 돌멩이 하나가 던져진 것 같은 이 기분은.

이 아이와 나 사이의 그간 일들을 더듬더듬 기억해 본다.

생각해 보면 첫 만남부터 강습 중에 내게 계속 말을 걸어대지 않았었나. 나한테 굳이 여자를 소개해달라고 했던 것도 수상하다. 수영 가는 날이 아님에도 개인적인 카톡을 했던 것도 그렇고, 오늘 회식에 초대했던 것도 그렇고. 본인은 상급반임에도 불구하고 중급반 회식에 참석했지 않나. 게다가 예쁘다니. 대놓고 예쁘다니! 지금 생각하면 의심할 만한 것 투성인데 왜 눈치채지 못했던 걸까. 어쩌면 이 아이는 여태 내게 계속해서 신호를 보내왔는지도 모른다.

"누나, 이따가 저희끼리 2차 갈래요?"

뭐지? 이 강력한 신호는? 얘 정말 나 좋아하는 거 아니야?

그 생각이 드는 순간 고요하고 잔잔하던 마음은 파도가 거세게 일렁이는 바다처럼 좀체 잦아들지 않는다. 이 세계는 백팔십도 변화한다. 한 시간 전의 박성범과 지금 내 앞의 박성범은 같은 사람인가. 아니, 결코 아니다. 아무 감정 없이 마냥 애송이같이 느껴지던 그를 나는 지금 의식하고 있다. 행동과 표정, 손짓 하나까지 괜히 신경이 쓰인다. 소매 끝으로 살짝 보이는 맥주잔을 든 팔뚝의 힘줄과 맥주잔을 감싸 쥔 커다란 손은 그가

'남자'라는 사실을 새삼 일깨워준다. 나는 깨닫는다. 파란 수영 모자를 벗고 수영복 대신 사복을 차려입은 수영장 밖의 96년 생은 꽤 괜찮은 외모와 목소리를 지녔다는 것을.

그리고 인생에서 '두근거림'은 언제나 예상치 못한 순간에 아주 급작스럽게, 그리고 거세게 왔다는 것을.

요즘 트렌드가 연하남이라는 사실을 부인할 수는 없다.

연하남을 소재로 한 수많은 드라마와 광고, 음악들을 보라. 익숙한 연상남의 한 시대가 저물고 새로운 연하남의 시대가 도래했음을 명백하게 알려주고 있지 않은가. 드라마처럼 극적 이진 않아도 TV 밖이라고 분위기가 크게 다르진 않다. 생각해 보면 이승기가 누난 내 여자라고 외쳐댈 때부터, 아니 유승준 이 사랑해 누나라고 부르짖기 한참 전부터 여자들은 연하남을 욕망해왔을지 모른다.

[누나 잘 들어갔어요?]

그날 밤 집에 도착하자마자 받았던 메시지를 나는 일주일 동 안 대체 몇 번이나 들여다봤던가. 무엇을 나는 생각하는가. 왜 내 심장은 반응하는가. 어떻게 연하남은 뭇 누나들의 마음을 들었다 났다 하는가.

그들은 재지 않는다.

그들은 현실에 굴복해 관계의 시작을 두려워하지 않는다. 망설이지 않는다. 조건 따위 '아묻따'(아무것도 묻지도 따지지도 않고) 오직 감정만으로 폭풍처럼 몰아친다. 밀당 따위 없다. 당당만이 존재할 뿐. 온전히 순수한 감정의 집합체. 어느 누가 설레지 않을 수 있단 말인가.

그들은 반전 매력을 지녔다.

그들은 젊고 풋풋하다. 그리고 귀엽다. 그러나 그 귀여운 소년이 예상치 못한 순간 사려 깊거나, 혹은 저돌적인 남자로 변신하며 훅 치고 들어올 때 그 반전 매력은 누나들의 '심쿵' 포인트를 분명히 자극한다. 치명적 매력으로 다가온다. 집에 잘들어갔냐는 저 세심한 카톡. 이 정도면 누나들의 연애 세포를 충분히 깨우고도 남지 않겠는가.

그들은 상큼하고 싱그러우며 섹시하다.

동갑내기 남자 동창을 아무나 떠올려 보라. 더 이상의 무슨 설명이 필요한가.

연하남이 매력적인 이유, 연하남과 만남을 긍정적으로 검토해봐야 할 이유는 이토록 차고 넘친다. 그러나 물론 스물넷과 서른둘, 여덟 살의 차이. 이 아득한 나이 차이에는 현실감이 없다. 그 비현실적인 사건, 여덟 살 연하의 남자와의 썸은 나를 깊고 깊은 불안의 구덩이로 던져버릴 수도 있다. 어쩌면 가까운 미래에 그만큼의 커다란 대가를 지급해야 할 때가 올 수도 있다. 벌써 생각하고 싶진 않지만, 사회의 온갖 편견과 부정적 시선, 화석처럼 굳은 고정관념에 고통받을 수도, 결국은 현실의 장벽을 넘지 못하고 무너지게 될지도 모를 일이다.

하지만,

이러니저러니 해도 어쨌든 분명한 건 머리가 관여하는 애매한 감정이 아닌 확실한 끌림이 있다는 것. 서른다섯 소개팅 상대 김민석 씨를 만났을 때는 전혀 느껴지지 않던 설렘의 포인트가 스물넷 박성범에게는 분명히 있다는 것. 이 거친 심장박동을 보라. 이것은 진짜다.

나는 결정한다. 그래, 고다. 고.

　　　　　　　○ ○ ●

확실히 누군가에 대한 호감의 탄생은 일상을 뒤튼다. 말하자면 흑백의 무성영화가 색과 소리를 얻게 된 정도의 입체적 변화랄까. 단조롭고 밋밋했던 일상에 변화가 일어나고 있다는 신호들이 있었다. 거울을 들여다보는 일이 잦아졌고, 평소 짜증났던 일들도 넘길 만해진다. 웃음이 는다. 여유가 있다. 정신도 맑다. 피로감 또한 전혀 없다. 한마디로 활력이 넘친다. 슬럼프가 온 후로 요새는 종종 부담으로 느껴지던 수영장 가는 날들이 기다려지는 것은 물론이다. 파란 수모를 마주하고 서로를 힐끗 훔쳐보는 잠깐의 시간은 그 자체로 일상의 낙(樂)이 된다. 나름 같은 테이블에서 친목을 다진 덕인지 화려한 패턴 수영복의 삼십 대 그녀와 유독 거리감이 상당히 좁아진 느낌이다. 회식과 사담은 애매한 관계를 보다 명확한 관계로 변화시켜준다. 친밀한 관계라는 든든한 무기는 '인싸'로의 구원과 함께 강습 내내 주눅 들어 있던 내게 얼마간의 자신감을 불어넣어 주기까지 한다.

"안녕하세요. 일찍 오셨네요. 오늘도 수영복 너무 예쁘다. 동생분은 안 왔나 봐요."

"아, 주연 씨 고마워요. 예. 갠 오늘 일이 있어서 못 온대요."

사실 입으로는 그녀와 이야기를 나누고 있지만 내 눈은 은밀히 파란 수모를 찾고 있다. 그러나 오늘은 그의 모습이 보이지 않는다. 조금 늦으려나. 그러나 수업이 끝나는 시각까지도 내 눈은 파란 수모를 찾지 못한다. 무슨 일이 있나. 샤워를 대충 마치고 집으로 돌아오는 길 나는 생각한다.

　무려 한 시간의 길고 긴 고민 끝에 나는 스물넷에 어울릴 최대한 담백한 카톡을 보내 보기로 한다. 연락해볼까. 카톡을 보내 볼까. 이상하게 생각하면 어쩌지. 이 누나 왜 이러냐고 하진 않겠지. 오버한다고 생각하려나? 아니야, 카톡 할 수도 있지 뭐. 자기도 했었는데. 아무 생각 없을 거야. 아니, 오히려 더 좋아하지 않을까. 그리고 카카오톡 대화창에서 그의 이름을 찾은 바로 그 순간 나는 무엇인가가 크게 잘못되었음을 느낀다. 그의 프로필 사진은 웬 여자와의 다정한 뒷모습 샷이다. 그리고 나는 직감한다. 사진 속 여자가 뽀얗고 통통한 기본형의 검정 수영복, 이십 대 초중반의 우리 반 그녀라는 것을.

　대체 왜? 어째서? 언제부터? 그 날부터? 아니면 그 날 전부터?

　나한테 수영장 오냐고 카톡은 왜 했지. 굳이 회식에 오란 말은 왜 했지. 상급반이면서 중급반 회식에 왜 참여했지. 왜, 왜 2차를 같이 가자고 했던 거지. 날 자꾸 힐끗 쳐다봤던 건 뭐지. 그 수많던 신호들은 대체 무어란 말인가. 요동치는 심장을 진정시키기 위해, 나 자신을 이해시키기 위해 그와의 한 장면, 한 장면을 끌어내어 곱씹어 본다. 순간 발바닥에서부터 머리끝까지 전기에 감전된 듯 온몸의 저릿함이 느껴지며, 나는 떠올린다. 상급반임에도 굳이 참여했던 중급반 회식, 2차를 같이 가자고 했던 그 자리, 강습 중 그가 힐끗대며 쳐다봤던 그 모든 장면에 기본형의 검정 수영복, 그녀가 있었음을.

그럼 나는?

충격의 무게는 가시지 않고, 가슴을 뚫고 나올 것만 같은 세찬 심장 박동은 좀처럼 잦아들지 않는다. 그러나 머리는 점점 이성을 되찾고 현실 파악을 할 준비를 하고 있다.

사실 명확한 것은 없었다.

그는 내게 고백을 한 적도, 좋아한다고 말한 적도 없다. 씁쓸하지만 내가 아닌 이십 대 그녀를 대입해 보면 이 이야기는 더욱 말이 된다. 모든 것은 나의 머릿속에서 만들어 낸 상상이었을 뿐, 이제 와 지금의 현실을 부정하는 근거를 찾아보려 한들 변하는 것은 없다는 것을 나는 너무 잘 알고 있다. 남자를 안 만나본 것도 아닌데, 남자를 모르는 것도 아닌데, 그린 라이트와 착각의 늪의 구분도 못 하는 서른둘이라니. 이렇게 창피할 수가 있을까.

문득 나는 스물넷 박성범과 아주 대비되는, 서른다섯 소개팅 남 김민석 씨와의 뜨뜻미지근했던 만남을 떠올린다. 그 메마르고 공허한 분위기. 익숙하고 안전한 매뉴얼을 따르는 퍽퍽한 만남. 최대한 감정이 억제된 것 같았던 어쩐지 빈 껍데기 같았던 시간. 그러나 사실 이마저도 예견된 일이 아니었을까. 메마름과 공허함은 비단 이성과 만남에서만 존재하는 문제가 아니었다. 절대 녹록하지 않았던 서른의 현실은 나를 꼼꼼히 짓누르고 나 자신을 집어삼키고 뒤틀어 놓았으니 말이다.

잘 나가는 골드미스와 커리어 우먼이 아니더라도, 그저 그렇고 평범한 삼십 대 직장인에게도 오랜 사회생활과 그 안의 이해할 수 없는 규칙, 복잡하고 공허한 인간관계, 해소되지 않는 외로움은 얼마나 두렵고 버거운 일이었던가. 상처받지 않기 위해 단단한 가면과 갑옷 안에 나를 감춰온 것이 과연 나만의 생존전략이었을까. 영영 내 문제가 아닌 줄 알았던 현실의 묵직한 고민, 불안감을 증폭시키는 거대한 사회적 압력에 우리는 얼마나 지쳐있었던가.

그 공허함, 결핍을 메우기 위해 관계에 기대 보려 한들, 애정을 갈구하고 사랑하기 위해 노력하려 한들, 일상의 고통에 단련되어 자기 자신을 숨겨버린 이들에게 예전 같은 순수한 관계란 꿈보다 먼 개념이었을 터였다. 그러니 열정이 수반된 만남보다 상처를 최소화할 피상적 관계, 메마른 만남이 오히려 자연스럽게 느껴지기까지 했다.

　종종 이십 대가 그리운 건 단지 그 나이 자체가 그립다는 뜻은 아니다. 그것이 그리운 건 아직 마음 한편엔 나를 압박하고 비트는 현실의 모든 것들을 던져 사정없이 짓밟고선 예전의 나, 한 번도 상처받지 않은 것처럼 사랑할 수 있었던 싱그러웠던 시절의 나를 되찾고 싶기 때문이 아닐까.

　김민석 씨와의 존재한 듯 안 한 듯 모호하게 사그라든 만남처럼 강렬한 존재감을 내뿜던 박성범이라는 연하남의 덫과 착각의 늪 역시 예견된 일이었는지 모른다. 너무 오래 묵혀두어 이제는 감정이 메말랐다고 생각하면서도 나는 언제나 그것들을 그리워했는지 모른다. 짓궂은 사랑의 신 큐피드가 연하남의 저돌적 직진과 '썸'이라는 환상의 활을 쏘기에 나는 더할 나위 없이 제격인 '표적'이었던 셈이었다.

　[누나 잘 들어갔어요?]

다시 한번 96년생 파란 수모의 메시지를 본다. 단순한 호의였을 그의 연락에 설레고 고민했던 일주일. 그동안의 내게 주어졌던 생생한 활력과 진짜 감정들. 활력이란 말 그대로 살아 움직이는 힘이 아니던가. 물론 당분간은 이 창피한 감정이 완벽히 지워지진 않겠지만 나는 자책 대신 나 자신을 보듬어주기로 했다. 괜찮다고. 별일 아니라고. 그렇게 바보 같은 짓까지는 아니었다고. 꼼꼼하게 짓누르는 현실의 압력에 꼭꼭 숨어버렸던 순수한 감정들, 그 감정의 순연함, 그리고 원래의 '나'에게 잠시나마 숨을 불어넣어 주려 했던 큐피드의 화살, 달콤 쌉쌀한 환상이었을 뿐이라고.

우리가 아무리
과거에 넘칠 만큼의 추억을
함께 쌓았을지언정,

우리 사이에는

'매너 거리'가 필수적으로 존재해야
유지될 수 있는 관계라는 것을.

남사친
몇 뼘일까. 우리 사이의 거리는

[야야, 다음 주에 M이 청첩장 준다는데 어디서 볼까.]

한 달 뒤 있을 M의 결혼식을 상기시켜주는 K의 카톡이었다. 그렇게 막역했던 사이였는데도 경조사가 있을 때야 비로소 그들과 만남을 계획하게 되는 것은 직장인, 아니 '어른'의 비극적 숙명이 아닐까.

[그래도 M 결혼하니까 L까지 만나네. 드디어 완전체. ㅋㅋ]

'중간에서 봐.'라는 답장을 하기도 전 '완전체'라는 단어를 불쑥 꺼내는 K의 카톡에 나는 왠지 미묘한 감정에 사로잡히고야 만다. M, L. '남는 건 동기뿐'이라는 모토 아래 K, W, Y만큼이나 끈끈한 우정을 자랑했던 남사친들. M의 결혼 소식을 알리는 K의 카톡은 올해 완전체의 만남이 단 한 차례도 없었다는 사실을 일깨워주면서 기억의 저편 어딘가에 머물러 있던 그때 그 시절을 끄집어내고 있었다.

남녀 사이에 진짜 친구가 가능할까?

이성과 우정이라는 조합. 그것이 마냥 생소하게 느껴지던 때가 있었다. 여중 여고를 거쳐 온 내게 십 대 시절의 우정이란 동성 친구에 한정하여 정과 자매애를 공유하는 것이라고 여겨졌으니, 좀처럼 남자와의 교류가 없던 나로서는 남녀 사이의 친구란 남녀공학에 다닌다든지, 종교를 지녔다든지, 어렸을 적부터 서로 옆집에 살았다든지 하는 특별한 환경에 놓인 간택 받은 몇몇에만 허락된 타인의 이야기처럼 느껴졌다. 당시 나의 친구들은 같은 학생이라는 신분 아래 같은 동네, 비슷한 환경의 동갑내기 여자아이들로만 구성된 한 무리가 아니었던가. 그러니 그 시절 내가 설정한 인간관계는 익숙지 않은 존재가 결코 침입할 수 없는, 굉장히 좁고 단조로운 세계였던 셈이다.

그러나 스무 살.

대학교 입학식 전부터 시작되는 새내기 모임, OT, 그리고 MT 등 각종 행사가 진행되면서 이제 성별도, 나이도, 환경도 같지 않은 다양한 사람들과 만남이 본격적으로 시작된다. 물론 갑자기 진입하게 된 새로운 세계에서 내게 밀려 들어온 그들 모두가 다 나와 진한 우정을 쌓는 베스트 프렌드, 패밀리가 될 수는 없었다. 깔때기의 좁은 통로를 통해 걸러지는 최후의 물질처럼, 우리는 삼월 한 달 동안 얼마간의 시행착오와 나름의 탐색전을 거쳐 마침내 그들 중 앞으로 자신과 시공간을 공유할 각자의 친구를 찾아내게 되었으니 말이다.

학기 초부터 몇몇이 짝을 지어 다니는가 싶더니 잇따라 몇 개의 무리가 연이어 탄생하고 나 역시도 자연히 하나의 무리에 속하게 되었다. 구성원은 K(♀), W(♀), Y(♀) 그리고 L(♂)과 M(♂). 여자 넷에 남자 둘. 여자가 아닌 남자, 동성이 아닌 이성이 처음으로 나의 친구의 영역에 진입하게 된 순간이었다. 그 전까지 내 인생에 존재하지 않았던 남자 사람 친구들. 그러나 L과 M의 등장과 그들과 친구가 되는 과정은 의외로 어렵다고 할 수 있는 것은 아니었다. 당시만 하더라도 M.T의 꽃은 단연 남학생들의 여장(女裝) 대회였다. 서먹함을 없애는 데 제격이었던 그 이벤트에서 섹시 댄스의 진수를 보여주며 당당히 일위를 거머쥔 이가 바로 L이었다. 이어진 술자리에서 그에게 접근한 나는 우리의 코드가 더할 나위 없이 잘 맞는다는 것을 단번에 깨달았고, 그때 옆자리에 앉아있던 동기들과 순식간에 친밀한 관계가 된 것이다.

친구라는 타이틀을 얻게 되면서 사소하지만, 명백히 우애를 쌓는 교감의 행위들이 있었다. 이를테면 강의 시간표를 비슷하게 짠다든지, 공강 시간을 함께 어울려 보낸다든지, 시험공부를 함께 하거나 함께 점심을 먹는 것과 같은 아주 평범한 일상들. 아직 캠퍼스 잔디밭의 로망이 허락되던 때였다. 한두 번쯤은 강의를 함께 째고 잔디밭에서 맥주 한 캔의 여유를 즐기기도, 강의가 끝나면 한강공원에 모여 앉아 이십 대 초반 대학생에게 특별히 주어지는 싱그러움을 만끽하기도 했었다. 그런 사소하고도 특별한 행위를 통해 우리는 나름의 공동체 의식을 다졌다.

우정의 행위가 행해지는 그 시간에 얼마나 수많은 말들이 있었던가. 우리는 매일같이 시시콜콜한 잡다한 말을 떠들어 댔다. 격의 없는 농담들도 허락되었다. 종종 술잔을 기울이며 인생의 철학적인 이야기를 나눌 때도 있었고, 가끔은 서로의 누구에게도 말하지 못했던 집안 문제나, 연애 문제, 그리고 미래

계획까지 진지하게 공유하기도 했다. 그 수많은 말들은 우리를 하나로 엮어 유대감을 형성하기에 충분했다.

교내에서 함께 어울리는 것을 넘어서 우리는 함께 당일치기를 떠나기도, 펜션을 잡아 밤을 새우고 놀기도 하며 스스럼없이 어울렸으니 그 끈끈함이야 이루 말할 수 있을까. 이성과 우정의 조합은 더는 내게 생소하다고 할 수 없는, 아주 편하고 익숙한 부분이 되어갔다.

동성 친구와 다를 바 없다고 생각하면서도 문득 이들이 나와 다른 성별이라는 사실을 인식하게 될 때도 있었다. 나의 짝사랑 상대와 같은 성별이라는 이유로 연애의 고민 상담자의 역할은 W나 K, Y보단 M과 L에게 돌아갔다. 『화성에서 온 남자, 금성에서 온 여자』라는 책의 유행은 한참 전에 지났지만 나는 여전히 화성의 세계가 낯설었다. 그들은 우리에게 여자들이 알지 못했던 남자 언어를 알려주기도, 이해하지 못하는 세계를 설득시켜주기도 했고 그건 나 역시도 마찬가지였다.

어쨌든 우리는 성별을 떠나서 친구라는 이름으로 서로의 고민과 갈등에 공감하고 수많은 시공간과 이야기들을 공유하면서 나름대로 단단한 연대를 만들어 냈다. 어쩌면 인류의 난제를 해결할 수 있지 않을까. 그렇게 나는 이성과 끈끈한 우정이 함께 엮일 수 있다는, 남녀 사이에 진짜 친구가 가능하다는 주장을 지지하게 되었다.

그러나 나름대로 단단한 우정을 자부하던 우리를 고민의 지점으로 인도하는 사건들이 있었으니, 남사친과의 관계는 여사친과의 관계와는 미묘하게 다른, 절대 단순하지 않은 몇 가지의 문제를 지니고 있었다.

잠재적 연애 상대로서의 가능성이 전혀 없는가.

'남사친'이라는 단어를 우정에 좀 더 가깝게 받아들이는 사람이 있는가 하면 '썸'에 좀 더 가깝게 받아들이는 사람들도 더러 있다는 것을 생각하면 당연한 문제일지 모른다. 인정하고 싶진 않았지만, 남자와 여자라는 다른 성별의 관계에 있어 성적 매력이 개입될 가능성, 이성으로서 호감을 느낄 확률 등의 가능성이 존재한다는 것은 부정할 수 없는 사실이었다.

'단순히 친한 친구 사이'라 자부하던 동기 중 누군가의 연애 감정이 문제가 되는 경우는 결코 드문 일이라 볼 수는 없었다. 특히 생각지도 못했던 관계에서 탄생한 캠퍼스 커플의 등장은 우리에게 놀라움과 함께 어마어마한 충격과 공포를 안겨주기에 충분했다. 어느 날 갑자기 이성적인 감정이 꿈틀대며 남사친이 남자로 보이기 시작했다는 그녀의 고백은 '역시 남녀친구 사이는 잠재적 연인관계'라는 수군거림을 불러내기에 안성맞춤인 사례였으니까.

생물학적 차이에서 발생하는 이끌림, '썸'으로 발전할 미묘한 가능성은 남녀 간의 친구 사이에서 절대 미묘하지 않은 장애물로 자리 잡는 듯했다. 종종 '무조건 누군가는 이성적 호감이 있는 것'이라며 나의 우정을 은근히 깎아내리는 사람들에게 나는 절대 있을 수 없는 일이라고 발끈하곤 했지만 나 역시도 우리 사이에 그러한 불상사가 일어나면 어쩌나 하는 약간의 의구심을 가졌던 것도 사실이었다. 그러나 곰곰이 생각해 보면 사람 사이의 관계를 꼭 연애 상대와 아무것도 아닌 존재로 선을 그어 이등분한다는 것이 더 부자연스러운 일이 아닐까. 우정을 위협하는 문제들은 성적 이끌림 외에도 다양했고 그것들은 비단 이성 친구와의 관계에서만 발생하는 것은 아니었으니 말이다.

다행히도 여러 사람의 걱정과는 달리 우리는 서로의 인간적 호감과 이성적 호감을 구분하면서 친구 이상의 행동 범위를 넘지 않는 균형을 유지했으므로, 우리 무리는 충분히 친구라는 평온한 관계 유지가 가능했다.

조금 더 어려운 두 번째 문제가 있었다. 서로의 연인에게 평범한 친구로 인정받을 수 있는가. 연애에 대한 열정으로 들끓는 시기였다. 우리 역시도 줄기차게 연애와 이별을 반복했고, 서로의 만남과 헤어짐을 지켜보면서 이십 대를 보냈다.

연애를 시작했다 하면 같은 사람이라는 사실이 의심될 정도로 변하는 친구들이 있었으니, M이 딱 그런 경우였다. 연애 중 연락이 뜸한 것은 물론이거니와 연애 상태가 위태롭거나 헤어지고 나서야 '어디야, 술 먹자'라며 연락을 취해오는 그에게 나는 종종 부아가 치밀어 서운함을 쏟아내기도 했었다. 그러나 사실 뜸해지는 연락이 불가피한 일이라는 것을 모를 리 없었다.

단언컨대 남사친, 여사친 간의 우정을 순수하게 바라봐 주고 응원해 줄 연인은 거의 없다. 나 역시도 연인이 싫어하는 것을 감수하면서까지 똑같이 친구들과의 만남을 유지한다는 것은 욕심이라는 점에 대해서는 충분히 공감하고 있었다.

종종 우리는 각자의 연인을 자리에 불러들임으로써 '커플 모임'이라는 방식의 평화로운 공존의 가능성을 제시하기도 했고, 각자 연인의 뜻을 받아 조율하며 그들에게 신뢰감을 심어주면서 우리가 '이성'이 아닌 '진정한 친구'라는 점을 인정받길 간절히 원하고 있음을 드러내기도 했다. 그러나 그마저도 지나친 욕심이었을까. 우리가 서로에게 어떤 의미로 존재하든, 어떻게 균형을 유지하든 간에 우리의 존재 자체가 내 친구의 그녀에겐 위협으로 받아들여질 수 있다는 것만으로 '친구로 인정받는 문제' 또한 내려놓아야 할 이유가 충분하다는 것을 나는 문득 깨달았다. 우리의 우정만큼이나 서로의 연애와 연인 또한 존중받아 마땅했다. 우리는 조금 더 의식적으로 자기 점검을 했고, 개인적인 연락은 최대한 자제했으며, 점차 만남의 빈도를 줄여 나갔다.

시간이 흐르고, 이십 대 후반이 되고, 서른이 지나면서 우리 사이의 매너는 조금 더 깐깐하고 예민하게 설정되었다. 만남과 연락의 빈도는 더욱 줄어들었고 나는 드문 만남에 익숙해져 갔다.

L이 결혼의 스타트를 끊고, Y가 연달아 기혼자의 길에 접어들면서 이제 완전체의 만남은 정말 특별한 경우로 한정되었다. 더는 새벽을 넘기는 만남은 있을 수 없었다. 어쩌다 주어지는 만남에서 우리는 어렸을 적처럼 웃고 떠들어 대며 '올해에는

자주 좀 만나자'라며 큰소리를 쳐댔지만, 다음 만남은 일 년에 한 번 정도 기념처럼 행해지는 신년회나 송년회, 혹은 다음 경조사 때나 이루어질 뿐이었다.

나는 결국 인정하게 되었다.

우리가 아무리 과거에 넘칠 만큼의 추억을 함께 쌓았을지언정, 우리 사이에는 '매너 거리'가 필수적으로 존재해야 유지될 수 있는 관계라는 것을.

남녀 사이에 진짜 친구가 가능할까?

아침마다 강의실에, 공강 시간마다 과방에 모여 앉아 끝없이 일상의 '썰'을 풀어대던 그때와 달리, 이제 우리는 간간이 올라오는 인스타 속 사진으로 서로의 일상을 확인하곤 한다. 그때처럼 줄기차게 만나지도, 다 같이 여행을 가지도, 아침이 밝을 때까지 밤새 술을 마실 수도, 누군가의 고민 이야기에 전화기를 붙들고 상담해 줄 수도 없지만 왜일까, 가끔 가슴 한편이 아릿할 때가 있을지언정 그것이 마냥 서운하거나 슬프지만은 않은 이유는, 어쩌면 나는 그것이 어른의 비극적 숙명이 아닌, 어른의 세계에서 이루어지는 진정한 우정이라는 것을 깨달았기 때문인지도 모른다.

어른의 우정이란 그런 걸지도 모른다. 서로가 가만히 있어선 결코 유지되기 힘든 것, 적절한 관심과 배려만큼이나 적절한 의식과 예의, 규칙이 존재해야 하는 것, 그리고 서로를 존중하는 만큼 적당한 온도와 적당한 거리를 유지해야 하는 것. 나는 그것을 나의 남사친들을 통해 깨달았다.

이제 완전체의 만남은 몇 년에 한 번쯤으로, 연락의 빈도 역시 확연히 줄어들지도 모르겠지만 그쯤이야 괜찮다. 중요한 것은 만남과 연락의 빈도가 아니라 우리가 친구라는 카테고리 안에서 협력관계로서, 카운슬러로서, 그리고 서로의 진솔한 지지자로서 성별을 막론하고 인생에 아주 유효한 우정을 쌓아왔다는 것, 그리고 우리가 공유했던 시공간과 수많은 이야기는 역시나 꽤 쓸모 있었다는 것이 아닐까.

그렇게 오늘도 나는 나의 출근을 그들의 사진에 그리움과 애정을 담아 '좋아요'를 보내는 것으로 대신 알린다. 우리 사이에 놓인 매너 거리는 몇 뼘쯤일까 생각하면서.

저물어가는 것들이 계속되었다.
단지 체념하는 건
사랑과 사람만이 아니었다

나의 신념은 어느새
더 이상 무결한 것이
아니게 되었다.

상실의 시대
매일 이별하며 살아가는, 서른 즈음에

작년 다이어리의 맨 앞장, 새해 목표에 적어두었던 어떤 것도 제대로 이루지 못한 채, 어떤 것은 시작조차 하지도 못한 채한 해가 저물고 새로운 해가 시작되었다. 몇 년 전까지만 해도 보신각 종소리를 들으러 간다든지, 새해맞이 일출을 보러 간다든지 하는 '특별한' 시작을 위해 나름대로 의미 있는 행위들로새해를 맞이했던 것도 같은데, 날이 갈수록 새해에 대한 감흥이 없어진다. 설렘은커녕 일말의 기대감도 없다. 침대에 누워 유튜브 영상을 보다 보니, 벌써 새해임을 알리는 카톡이 몇 개와 있었다.

[얘들아, 새해 복 많이 받아!]

여전히 1월 1일의 덕담을 잊지 않는 K. 그녀의 덕담 카톡이 정말 새해가 시작되었음을 실감케 한다.

[삼 땡 안 넘기고 올해에는 결혼해야겠어.ㅋㅋ]

[유부의 세계로 오는 걸 환영한다 ㅋㅋ 나도 올해에는 임신 계획 좀 세워볼까?]

K의 톡에 대한 답으로 결혼 결심을 밝히는 W와 아이를 갖겠다고 말하는 Y. 올해의 새로운 다짐을 선언하는 그들의 언어들이 왠지 이질적이다. 괜스레 센치한 감정이 차오르다 가라앉나 싶더니 급격하게 현자 타임이 찾아왔다.

서른셋이다. 서글프게도 아무것도 해놓은 게 없는데 서른셋이 되었다.

책이라도 몇 권 사 읽어야지 싶어 온라인 서점에 접속해 '30대'를 검색해보니 삼십 대와 관련된 수많은 리스트가 나온다. 왜일까. 그 책들이 묘하게 닮은 모습을 하고 있다고 느껴지는 건. '30대가 꼭 알아야 할 재테크', '30대가 알아야 할 내 집 마련법', '부자는 30대에 결정된다.' '건강한 삶을 위한 30대의 재무 설계법', '30대의 성공학' '30대의 리더십' 등등.

낯설다. 결코, 내가 타깃이라 볼 수 없는 공감 가지 않는 제목들. 그 속엔 왜 이리 현실적인 어른의 삼십 대만 있는 걸까. 하긴, 나 역시도 삼십 대가 되면 재테크라든지, 승진이라든지 하는 경제적 안정이나 사회적 성공에 대해 고민을 하는 위치에 있을 거라 막연히 생각하던 때가 있었다. 나의 서른이 그 전과 완벽히 다른 삶일 것이라 상상하던 때가 있었다. 이십 대의 고뇌와 방황에서 벗어나 안정과 여유가 당연한, 확실하고 단단한 세계를 살 것으로 생각하던 때가 있긴 했다.

그러나 나의 삼십 대는 전혀 거창하거나 성숙하지 않았다.

새로운 가정을 이룬다는 것은 내게 있어 여전히 너무 먼 일로 느껴졌고, 재테크에 신경을 쓸 만큼 통장의 잔액이 받쳐주지도 않았으며, 그렇다고 직장에서의 경력이 위로가 되느냐 하면 사실상 형편없는 수준이었다. 물론 모든 삼십 대가 다 그런 것은 아니었다. 카톡의 프로필 리스트를 쭉 훑다 보면 반 정도는 결혼사진이나 어린아이의 얼굴을 프로필로 지정해놨을 정도로 많은 이들이 새 가정을 이뤄 안정적으로 살고 있는 것처럼 보였다. SNS에서 쉽게 엿볼 수 있는 타인의 삼십 대는 좀 더 구체적이었다. 나와 비슷했다고 생각했던 어떤 누군가는 안정의 상태를 넘어 워너비의 삶을 살고 있기도 했고, 누군가는 내가 머릿속으로만 그렸던 도전과 모험을 실제로 하고 있었으며 어떤 누군가는 자신의 삶에 만족하며 묵묵히 살아가고 있었다.

그러나 그 속에 나는 없었다. 나는 자꾸만 어정쩡한 채로 하루하루를 살고 있었다. 저물어가는 것들이 계속되었다. 우리의 세계를 이루던 친구들은 점차 하나둘씩 새로 만든 자신들의 세계로 떠났고, 사랑도 그랬다. 낭만의 사이를 비집고 현실이 고개를 쳐들면서 내 사랑도 빛을 잃었다.

단지 체념하는 건 사랑과 사람만이 아니었다. 거창했던 목표들이 점차 소박해졌다. 확신을 가졌던 신념들이 시들었다. 떠밀리듯 결혼하지 않으리라, 사회의 규정 속도가 아닌 나만의 속도를 지키는 자유로운 삶을 살리라 생각했는데, 생애주기에 충실한 보편적 삶과 동떨어진 삶은 그들과의 동질감을 끊어낸 채 내게 외로움과 초조함만을 다정히 건네주었다. 세속적인 것을 좇는 것은 비겁하다 생각했는데, 그것은 보란 듯이 날 비웃으며 서서히 목을 조여 왔고, 타인에 시선에 갇히지 않는 주체성을 견지하자 다짐해왔는데, 사람들의 관심 대상에서 벗어나자 단숨에 주눅이 들었다. 사회 물을 먹었다는 이유로 부조리와 부정의에 맞서지도 못한 채 나는 도피하거나 그것에 관대해졌다. 우습게도 나의 퍼스낼러티는 생각보다 단단한 성질이 아니었다.

나의 신념은 어느새 더 이상 무결한 것이 아니게 되었다.

나도 주인공일 수 있다고 믿었던 온갖 드라마와 영화들. 나는 적어도 기승전결이 완벽한 작품 속 주목받는 주인공은 아니라는 것을, 삼십 대에 접어들면서 깨달았다. 이제 드라마는 그저 드라마가 되었고, 영화는 그저 영화가 되었다. 꿈도, 가능성도 서서히 저물고 있었다.

'삼십 대가 되면 어때요?'라고 묻던 이십 대의 누군가에게 '서른이 뭐 대수인가요.'라고 대답했던 만큼 단지 이십 대의 연장선일 뿐이라고, 변한 것은 없다고 생각했는데 그건 대단한 착각이었다. 시간은 무심히 흐르고 있었고, 나를 제외한 많은 것들은 변화하고 있었다. 가능성과 자신감의 시기, 확실했던 신념의 이십 대의 세계에서 어느새 은밀히 달라진 삼십 대의 세계는 불안감과 초조함, 그리고 불확실함 만을 남긴 채 수많은 것을 내게서 앗아갔다. 내가 짊어져야 할 삼십 대의 무게는 전혀 호락호락한 게 아니었다. 단지 흰머리의 등장이나 '리즈 시절'의 퇴장만이 전부가 아니었다.

나는 사랑과 사람과 꿈과 신념과 그리고 청춘과 멀어지고 있었다. 이룬 것은 없는데 잃어가는 것들은 계속되었다. 허전함과 상실감이 매일 조금씩 덮쳐오고 습관처럼 이별이 반복되는 일상 속에서 나는 조금씩 무력해졌다.

"우유가 없네."

소파에 누워 오른손엔 여전히 리모컨을 쥔 채 눈을 감고 있는 아빠가 아직 깊은 잠에 빠지지 않았을까 하고, 들리라는 듯 짐짓 크게 혼잣말을 중얼거리며 파카를 걸쳐 입고 나갈 채비를 한다. 편의점에 가는 척 밖에 나가 담배 한 대라도 피우고 돌아올 요량이었다.

아무도 지나다니지 않는 아주 어두운 곳에 자리를 잡아 담배에 불을 붙였다. 이러고 있으니 나 자신이 더욱더 가엾게 느껴졌다. 새해 첫날 새벽부터 후줄근한 상태로 담배나 피우고 있는 신세도 신세지만, 서른셋이 되었는데도 부모님에게 들킬세라 몰래 기어 나와 이러고 있는 꼴이 얼마나 우습고 초라한지 몰랐다.

씁쓸한 마음과는 달리 담배 맛은 달았다. 공중에 희미하게 흩어지다 곧 소멸해 버리는 담배 연기가 쓸쓸해 보였다. 세상에 어떤 흔적도 남기지 못하고 존재하지 않았던 냥 사라지는 것이 마치 내 인생 같아 처량했다. 담배 연기를 가만히 보고 있자니 새삼스레 김광석의 노래가 떠올랐다.

'또 하루 멀어져 간다. 내뿜은 담배 연기처럼'

'서른 즈음에'를 불렀던 김광석도 어쩌면 이렇게 담배를 피우다 노랫말을 떠올렸을까. 이십 대 내내 머금고 있던 청춘의 갈망이 서른의 어느 즈음엔가 담배 연기처럼 허공에 날려 허무하게 사라진다는 것을, 어쩌면 그 역시도 느꼈을지 모른다.

점점 더 멀어져 간다. 머물러 있는 청춘인 줄 알았는데

비어 가는 내 가슴속엔 더 아무것도 찾을 수 없네

조금씩 잊혀져 간다. 머물러 있는 사랑인 줄 알았는데

또 하루 멀어져 간다. 매일 이별하며 살고 있구나

내가 무엇이든 될 수 있다고 자만하던 시절, 나의 신념이 무결하다고 느끼던 시절, 청춘이 무엇인지, 도대체 무엇을 그렇게 잃어간다는 건지, 상실을 모르던 그 시절엔 이 노래가 그렇게 이해가 가지 않았다. 나는 가사 한 줄, 단어 하나도 충분히 공감하지 못한 채 그저 가끔 센티함이 차오를 때마다 최대한 멋스럽게 불러 젖혀보곤 했다. 그만큼이나 나의 십 대와 이십 대는 완전한 이상이 가능하리라 믿었던, 낙관적 인생관을 품었던, 결핍을 모르던 시절이었다. 그러나 현실이 어디 생각처럼 녹록하던가.

내 사람임을 의심치 않았던 관계의 상실, 무결하다고 믿었던 신념의 상실, 완전하다고 여겼던 이상의 상실, 꿈꿔왔던 '나 자신'의 상실이 내 삶의 필연적 숙명이라는 것을 깨달았을 때, 어느덧 나는 삼십 대가 되어있었다. 단지 그렇게 불완전하게 하루하루를 살아왔을 뿐인데 어느새 '서른 즈음에'는 나의 삼십 대를 관통하는 주제가 되어있었다. 가사 한마디 한마디가 폐부에 와 박혔다. 머물러 있는 청춘인 줄 알았는데 점점 더 멀어져만 가고 있었다. 왜 이리 나 자신이 초라한지, 왜 그런 나 자신을 견딜 수 없는지, 왜 서른은 유독 방황하고 아픈지 너무나도 잘 알 것 같았다. 결과적으로 그 어떤 말보다 내게 커다란 위로가 되기도 했다. 나 혼자만 외로이 고독에 젖어있지 않다는 것, 이별과 결핍에 방황하는 것이 비단 나 혼자만은 아니라는 것, 상실의 슬픔을 함께 짊어지고 있는 누군가가 존재한다는 그 사실을 일깨워줌으로써.

이 노래가 왜 아직도 수많은 이들의 입술에 머무는 걸까. 아마도 셀 수도 없이 수많은 소박하고 평범한 이들 또한 각자의 상실에서 오는 아픔의 공감과 함께 나만 힘든 게 아니라는 위안, 내 삶이 틀린 것이 아니었다는 안도를 품고 살고 싶기 때문이리라. 물론 삼십 대의 통과의례 같은 이 지독한 상실의 아픔이 온전히 치유된다는 것은 사실상 불가능한 일일지도 모른다. 내 인생에 로또 당첨이나 백마 탄 왕자의 등장과 같은 극적인 변화가 찾아올 리 없고, 더는 내가 어렸을 적 꿈꿔왔던 '이상적 나'의 삶을 살 수 없는 것처럼 말이다.

그러나 왜일까. 사람과 사랑과 꿈과 이상과 신념과 그리고 청춘의 상실과 함께 나는 이제야 왠지 조금 알 것만 같다. 인생이란 저물어가는 것, 때가 되어 넘치게 갖고 있던 많은 것들과 작별 인사를 하는 것, 그리고 그 저물어가는 세계 속에서 그저 하루하루를 살아내는 것이라는 걸. 또다시 허공에 흩어 사라지는 담배 연기를 보며 나는 생각했다.

살살 누른다고 소리가 작아지는 것도 아닌데, 아빠가 잠에서 깰세라 나는 최대한 조심스레 번호키를 눌러 현관문을 연다.

"어디 나갔다 왔냐?"

"어어, 잠깐 편의점."

현관문을 열자마자 잠에서 깬 아빠의 말에 나는 혹여 담배 냄새를 풍길까 싶어 얼른 주방으로 향한다. 편의점에 다녀왔음을 증명이라도 하듯 일부러 바스락대는 봉투 소리를 크게 내며 냉장고 문을 열어젖힌다. 정말 잠시 편의점만 갔다 온 듯, 담배 연기에 짧게나마 인생사를 생각했던 시간이 존재하지 않았던 듯, 아무 일도 없었던 듯이.

삼십 대가 되어 깨달은 또 하나의 진리가 있다면 언제나 그랬듯이 새해가 되었다고 해서, 무언가를 알게 되었다고 해서 세상이 확 변한다거나 내가 갑자기 성장하는 일은 없다는 것. 내일의 나는 여전히 지질하게 부모님의 눈치를 보며 몰래 담배를 피울 것이고, 꼰대 민 부장의 무례한 오지랖에 단지 관대한 미소만을 지을 테지만, 어쨌든 나는 이렇게 서른셋을 맞이했다. 김광석의 노랫말을 이해할 것 같은 나이, 매일 이별하며 산다는 것을 아는 나이, 인생의 다른 말은 상실이라는 걸 아는 나이, 그렇게 그저 담담히 상실을 마주하며 남은 삶을 살아가야 한다는 것을 아는 나이, 서른셋을.

나를 머뭇거리게
만드는 것은
무엇　때문인가.
나의 독하지 못한 성격이나
약한 의지 때문은 아니다.
미워하는 마음이 그 어떤 것도
변하게 하지 못한다는
그 무력함을 알기 때문도 아니다.

연민.

이것은 연민의 수렁이다.

연민의 수렁
왜 나는 온전히 미워할 수 없는가

회사생활을 괴롭게 만드는 가장 큰 요인은 무엇인가.

시시포스의 형벌과 별반 다를 바 없는 무한 반복의 일상, 사명감과 전혀 부합하지 않는 직무, 워라밸을 꿈처럼 만드는 과중한 업무, 잊을 만하면 다시금 찾아오는 권태기와 이직 욕구. 스트레스를 일으키는 요인들은 이처럼 회사 곳곳에 있다. 그러나 7년 차 직장인으로서 장담컨대 현대 직장인을 유독 힘들게 만드는 제1의 원인은 뭐니 뭐니 해도 역시 인간관계다.

처음으로 내게 사직서 양식을 찾아보게 만든 이, 블라인드 앱(app)을 다운받게 만든 이, 퇴사 욕구를 자극하며 매주 정기적으로 로또를 사게 만든 이, 일요일 밤마다 돌아오는 끔찍한 불면증에 시달리게 만든 이, 가슴속 깊은 곳에서부터 분노와 울분을 끌어내는 이, 누구보다 당당하게 싫어한다고 말할 수 있는 이, 이 과장. 그녀가 석 달 간의 병가를 마치고 복직했다는 소리가 들려왔다.

하, 나도 모르게 한숨이 터져 나온다. 들키기 싫은 못난 마음일지 몰라도 내심 이 기회에 영영 돌아오지 않았으면, 하는 바람이 있었다. 그러나 야속하게도, 그 어떤 신도 내 간절한 바람을 세심히 들여 봐주지 않았다.

그녀가, 그녀가 돌아오고야 말았다.

○ ● ○

새해답게 단합과 새로운 마음가짐을 이유로 신년회라는 거창한 이름의 회식이 눈치 없이 또 한 번 행해지게 되었다. 여전히 이런 자리가 결속력을 다지고 스트레스를 풀어줄 것이라 기대하고 있는 꼰대들. 그러나 이것만 한 착각이 있을까. 보통의 이들에게 직장 밖에서 보는 직장 상사들과의 만남이란 단일초의 순간도 재미있을 수 없는 스트레스이자 고역일 뿐인데 말이다.

아직 사람들이 도착하지 않은 테이블을 바라보며 아주 신중하게 생각한다. 회식 자리에서 가장 중요한 건 자리선정이다. 가장자리? 아니 오히려 중간? '꼰대계의 제왕' 민 부장만은 피하고자 전략적으로 세 번 정도 꼬아 생각한 것이 문제였을까. 민 부장을 피했다는 기쁨도 잠시, 황당하게도 내 바로 앞 빈자리에 이 과장이 앉는 불상사가 벌어지고야 말았다.

"어머, 과장님. 몸은 좀 괜찮으세요?"

당신 밑에서 제대로 배운 것이 있다면 최대한 감정을 은폐한 채 아무렇지 않은 듯 표정과 말투를 꾸며내는 법 정도가 아닐까. 비단 서비스직에만 감정노동이 존재하는 것은 아니다. 나 역시도 완벽한 감정노동자로서의 역할을 수행하며 얼마나 길고 긴 고통의 나날들을 보내왔던가. 지난 석 달은 정말 꿈만 같았다는 것을 다시금 깨달으면서 나는 차오르는 감정을 통제하며 최대한 걱정스러운 표정을 지어 보았다.

"이런 기회가 언제 오려나 싶어서 푹 쉬어보려고 했는데 애들 챙기느라 못 그랬네."

당신은 알 리 없겠지. 내가 세상 화목해 보이는 당신의 카톡 프로필 속 가족사진을 아침저녁으로 들여다보며 제발 당신 자식들도 딱 당신만큼의 상사를 만나게 되길 기도한다는 것을,

사실 재작년 여름휴가로 떠난 이탈리아의 트레비 분수에서 동전을 던지며 진지하게 빈 소원마저 같은 것이었다는 것을. 게다가 올해 새해 첫날 제야의 종소리를 들으면서도 당신을 생각했다는 것을…!

"올해 서른셋인가? 어휴-, 주연 씨도 이제 나이 많이 먹었네. 얼른 시집가야지. 아무리 비혼주의네, 뭐네 해도 시집 안 간 사람들 보면 나중에 정말 추해지더라."

필터 따윈 안 거치고 그대로 내뱉는 저, 저 쓰레기 같은 태도. 게다가 한숨은 또 뭐고? 어째 몇 년이 지나도 변하지 않는 걸까. 누가 특별대우를 요구하기라도 했나. 그냥 기본 예의만 지키는 것이 그렇게 어려운 일이던가.

"아, 네."

"정말 예전과 비교해서 많이 세련 돼지고 예뻐졌어, 주연 씨도 알지?"

"예? 아, 예."

그렇지. 여우짓 안 하는 이 과장이란 앙꼬 없는 찐빵, 고추장 없는 비빔밥이지. 혹시 김이라도 피어오르고 있는 거 아닌가 할 정도로 거울을 보지 않아도 내 귀가 새빨갛게 달아올랐다는 것이 느껴졌다.

일 년 전, 늘 콤플렉스였던 넓은 콧방울을 축소하는 수술을 받았던 것을, 사실 이 쓰레기가 남들 앞에서 여우처럼 은근슬쩍 화제에 올리는 것이 처음은 아니다. 물론 성형수술이 숨겨야 할 것은 아니라지만 그렇다고 동네방네 떠들어댈 문제도 아니지 않나? 그것도 제 삼자가.

더 이상의 대화는 쓸모없음이다. 친근함을 드러내기 위한 농담이었다면 당신은 틀렸고, 농담이 아니라면 이것은 지나친 무례다. 옆자리 동료의 당혹해하는 표정을 보라. 이 과장의 조금 전 언행이 상당히 옳지 않았음을 증명하고 있지 않은가.

그러나 적당히 대화를 마무리 짓기 위해 다소 멋쩍은 웃음을 지었던 것이 잘못이었을까. 짐짓 의기양양한 태도로 이 과장은 기어코 한 마디를 더 붙이고야 만다.

"주연 씨, 정말 수술 잘했다니까."

제발 작작하세요!

망설임 혹은 가책 따윈 절대 느껴지지 않는 저 무례한 말에 나는 머리를 한 대 얻어맞은 것만 같은 상태가 되고야 말았다. 결코 모욕을 주려 하지 않았다는 듯, 아무런 악의가 없다는 듯 빙글거리며 순진하게 웃는 낯짝이 내 앞에 있다. 계급장 다 떼고 단 둘이 제대로 붙어본다면, 그렇다면 이 지긋지긋한 은근한 폭력도 끝이 날까. 그러나 그 대결에서 우스꽝스러운 승리를 거둔다 한들, 그것이 무슨 소용이겠는가. 욕지거리를 내뱉고 바락바락 대들고 싶은 욕망을 최대한 억누른 채, 나는 그저 멍하니 앉아있을 뿐이었다.

"아, 미친년. 야, 이 정도면 진짜 회사에 찔러도 괜찮은 거 맞지?"

화장실을 간다는 핑계로 나는 Y에게 곧장 전화를 걸었다. 폭발할 것 같은 기분을 주체할 길이 없어 도저히 누군가에게라도 털어놓지 않으면 마음의 진정이 되지 않을 것 같은 까닭이었다.

"또라이이긴 하다. 야, 요즘 같은 세상에 아직도 그런 식으로 말하는 사람이 다 있냐."

비단 오늘 일이 아니더라도 생각해 보면 그간 얼마나 나를 괴롭혀 왔단 말인가. 유독 내게 집중되었던 날 선 반응과 멸시. 옷차림, 화장 등에 대한 불필요한 외모 지적은 물론이거니와 언제나 많은 사람 앞에서 내 업무 결과물을 깡그리 무시하고 비웃기까지 하지 않았던가.

어디 그뿐인가. 본인은 기혼에 자식이 있어 바쁘다는 핑계로 본인이 담당해야 할 일이 당연히 내 차지가 되기도 했었고, 은근슬쩍 본인의 과실을 함구하는 바람에 업무 실수가 내 탓인 양 사내 분위기가 묘하게 흘러가기도 했던 것이었다. 가뜩이나 업무에서 오는 스트레스 또한 감당하기 힘든데 그녀의 부하직원이라는 이유로 감정노동까지 더해져 이중적 고통에 시달렸던 일들을 생각하면 그 끔찍한 기분이 쉬이 사그라지지 않는다.

"진짜 사람들, 다 걔 싫어하거든? 근데 자기만 몰라, 자기만."

"그래, 진짜 찔러. 그 여자 안 되겠다."

이쯤 되니 마음의 진정은 물 건너가 버리고야 말았다. 이제 도저히 그녀를 용서할 수 없다. 내일이 되면 나는 오늘 일을 포함해 지금까지의 이 과장의 악행을 전부 다 발설해 버리고 말 것이다. 그렇게 된다면 아무리 회사에 열정을 쏟아온 워커홀릭 그녀라도 징계 처분을 피할 수는 없을 터. 그래, 어쩌면 오히려 잘된 일일지도 모른다. 용서를 빌 테면 빌어보라지. 결코, 마음을 돌릴 일은 없을 테니까.

지금까지 잘 참아왔어, 홍주연. 자리가 자리이니만큼 오늘은 참고 내일 출근하자마자 바로 찌르는 거야. 굳은 다짐을 하며 나는 차분하게 마음을 가라앉히고, 이성을 되찾고, 옷차림을 가다듬은 후 다시 자리로 향한다.

회식 자리가 무르익으면 자연스레 자리 이동이 생기는 법. 다행히 몇몇 사람들이 담배를 피우러 자리를 비운 틈을 타 이 과장을 피해 은근슬쩍 다른 빈자리를 차지할 수 있었다. 다른 테이블에 앉아 일부러 더 신난 듯 목소리 톤을 높이고 술잔을 부딪치며 슬쩍 이 과장 쪽을 쳐다보니 4인석에 홀로 앉아있는 그녀의 모습이 눈에 띄었다. 그렇게 평상시에 잘 좀 하지, 아무도 그녀에게 관심을 두지 않는 듯한 상황에 약간의 통쾌함이 일었다. 자칫 잘못하다간 그녀와 눈이 마주칠세라 나는 얼른 눈길을 돌렸다. 담배를 다 피우고 돌아온 무리가 당연히 이 과장 주변에 앉겠거니 생각했는데, 예상치 못하게 그들은 이 과장의 테이블에 놓인 의자를 빼와 자연스레 우리 테이블 주변으로 자리를 잡고 있었다.

별안간 나는 무언가 잘못되어간다는 사실을 인식한다. 그래도 누군가 챙겨줘야 하는 거 아니야? 하는 생각에 술잔을 들고 엉거주춤 일어나려 하는 순간 이 과장이 먼저 몸을 일으켰다.

예상치 못한 상황에 난감해하는 내 곁을 태연히 지나가는 이 과장. 혹여 눈이라도 마주칠까 당황한 채 시선을 피하다 나도 모르게 그녀의 얼굴을 잠깐 쳐다보게 된 그 순간 여태 한 번도 신경 써본 적 없던 그녀의 희끗희끗한 흰머리와 주름을 포착하고야 말았다.

"자자, 2차 가자. 2차."

복잡한 생각들이 머릿속을 파고들려 할 때 얼큰하게 취한 민 부장이 2차를 외친다. 정말 이대로 끝내기가 아쉬운 건지, 아니면 민 부장의 비위를 맞추기 위함인지 몇몇 이들이 흔쾌히 공감의 뜻을 밝히고 있었다.

1차 회식 자리를 대충 마무리하고 사람들에 어영부영 휩쓸려 도착한 자리에 이 과장의 모습이 보이지 않는다.

아직 안 온 거야? 아니면 간 거야, 뭐야? 핸드폰에 이 과장의 연락처를 검색해보다 나는 이내 관두기로 했다. 아무도 찾지 않는데 굳이 내가 이럴 필요가 있나 싶었다. 아니, 아니다. 사실 그보다는 이미 그녀의 대단한 자존심에 흠집이 났다는 것 정도는 알아챘기 때문인지 몰랐다.

그녀의 모습이 보이지 않는다는 것이 자꾸만 신경 쓰인다. 누구도 그녀의 존재를 신경 쓰지 않고 있는 지금, 그녀의 자존심이 상당한 타격을 입었으리라 생각되는 지금, 마냥 고소할 줄 알았는데 왜일까, 이상하게도 통쾌하지가 않다. 아니, 오히려 심란한 감정에 사로잡히고야 만다. 그렇게 나는 술이 오르지도 않은 채, 씁쓸함과 짜증이 교차하는 상호 모순적인 감정에 맞닥뜨리고야 만 채로 신년회를 마무리하고야 말았다.

◦●◦

침대에 누워 잠을 청해보려 해도 이 과장의 희끗희끗한 흰머리와 주름, 그리고 그녀 주변의 빈자리가 왠지 쉬이 지워지지 않는다. 정말 그러고 싶지 않았는데, 마냥 악독해 보였던 그녀에게 작은 틈을 발견한 이 순간 어이없게도 나는 분노와 미움을 무력화하는 측은한 감정에 사로잡히고야 만다.

아, 왜 짠해 보이고 지랄이야.

한숨과 함께 미묘한 감정이 덩어리째 내뿜어진다. 악한 인물이 마냥 악독하기만 하다면, 세상이 입체적이지 않고 단순하기만 하다면 얼마나 편하고 좋을까. 온전히 미워할 수 있다는 것은 유쾌한 일은 아닐지언정 참을 수 없이 괴로운 일은 아니다. 미워했던 누군가가 가엾어 보이는 순간, 측은한 감정에 휩싸이게 되는 이 순간 나의 분노도 맥없이 힘을 잃게 되면서 더 복잡하고 깊은 괴로움의 늪에 빠지고 있지 않나.

　나는 왜 당신을 온전히 미워할 수 없을까. 마냥 분노를 쏟아내고 싶었던 때보다 분노와 미움이 잦아든 지금, 이 순간 씁쓸함이 더 크게 느껴지는 이유는 무얼까. 대체 이 측은한 감정과 무거운 마음은 무엇 때문이란 말인가.

　객관적으로 따져 봐도 내가 그녀를 가엾게 여길 만한 입장은 결코 아니다. 상사라는 이름으로 그간 얼마나 나를 괴롭혀 왔던가. 예민한 그녀의 비위를 맞추느라 얼마나 힘들었던가. 언제나 당하는 쪽은 내 쪽이었다. 그녀가 분노를 폭발시킬 때마다 나를 보며 짓던 사람들의 안쓰러운 표정들. 나를 누구보다 딱하게 여기던 그들의 위로를 생각해보면 오늘 일만으로는 부족하다. 그래, 오늘 일이 뭐 그리 대단한 일이라고? 까짓것 오늘 하루쯤 안 챙겨준 게 뭐가 어때서? 그녀의 몰락이야말로 오매불망 바라고 기다려 왔던 일이 아니던가.

　그러나 나를 머뭇거리게 만드는 것은 무엇 때문인가. 비단 나의 독하지 못한 성격이나 약한 의지 때문은 아니다. 미워하는 마음이 그 어떤 것도 변하게 하지 못한다는 그 무력함을 알

기 때문도 아니다.

연민. 이것은 연민의 수렁이다. 왠지 모르게 불쌍하고 가엾게 느껴지는 그 낯선 감정이 그녀를 온전히 미워하는 것을 방해하고 나를 이토록 주저하고 머뭇거리게 만들고 있다.

대체 무엇이 나를 이토록 깊은 연민의 수렁에 빠뜨렸는가. 글쎄. 어쩌면 지금까지 내가 그녀를 그토록 미워할 수 있었던 까닭은 그녀의 속사정을 구태여 외면하면서 나와는 완벽히 다른 존재일 것이라 선을 그어왔기 때문인지도 모른다. 내가 겪는 삶의 괴로움이나 고통 따위, 찔러도 피 한 방울 날 것 같지 않던 악독한 그녀는 결코 알 수 없을 것이라 단언해 왔기 때문인지 모른다. 세상은 그리 만만하지 않다는 것, 수많은 욕망은 난망이라는 것, 그리고 늙어가는 것과 외로움이라는 그 고통의 굴레에서 이 과장 만큼은 벗어나 있으리라 생각해 왔다.

그러나 어처구니없게도 이 과장의 작은 틈을 발견한 순간, 중년의 나이 든 얼굴, 그리고 어쩐지 외로워 보이는 모습을 포착한 그 순간, 사실상 그녀의 처지 또한 내 삶과 별다를 것이 없을 것이란 것을 깨닫게 된 것이다. 세상에 존재하는 누구나 나름의 방식으로 괴로움을 겪는다는 사실을 나는 지금에 와서야 새삼스레 느끼고 있었다.

　그런데도 그것은 위안이라기보단 오히려 수렁이다. 나와 그녀가 별반 다르지 않다는 사실을 알았을 때, 나의 고통과 그녀의 고통이 어쩔 수 없이 연결되어 있다는 사실을 알았을 때, 단순한 미움의 감정은 가라앉고 복잡한 연민의 감정이 솟아나 온전히 분노할 수 없게 되는 기막힌 수렁.

　태연히 내 옆을 지나쳤던 이 과장을 떠올린다. 그 순간 표현하기 어려운 복잡 미묘한 감정이 피어났던 이유는 무엇인가. 아마 삶을 살아내야 하는 모두는 사실 가엾은 존재라는 사실, 그리고 그것은 아무리 태연한 척 숨기려 해도 드러날 수밖에 없고 굳이 알려 하지 않아도 알게 될 수밖에 없다는 그 불편한 사실을 순간적으로 알아채 버렸기 때문인지 모른다.

　[훙, 내일 그 사람 진짜 찌를 거야?]

　[야 진짜 참지 마!!]

　나보다 더 흥분한 듯한 Y의 카톡에 W까지 지지를 표하며 합세했다.

　[어어, 말해야지. 한 번 더 그러면 진짜 말하게.]

　그러나 나는 그녀를 온전히 미워할 수 없다는 사실을, 충분히 분노할 수 없다는 사실을 숨기고야 만다. 그녀가 가엾어 보였다는 사실, 연민이 들었다는 사실을 알게 된다면 그녀들은 어떤 반응을 보일까. 아마도 고개를 갸웃거리며 이해할 수 없다는 은근한 부정적 감정을 표현할지도, 당연한 일에 분노할 줄 모른다며 격한 비난을 할지도 모를 일이다.

그러나 나는 결국 다른 감정들을 삼키기로 했다. 그녀를 완벽히 이해해서도, 그녀의 악행을 용서해서도 아니다. 그녀의 행복을 바라는 것도, 그녀의 아픔을 어루만지기 위함도 아니다. 다만 인생에 내던져진 누구나 연약한 존재에 불과하다는 것, 시시포스가 그에게 가해진 형벌에서 벗어날 수 없었듯 누구나 자신을 무겁게 짓누르는 외로움과 괴로움의 고통을 짊어져야 하는 형벌을 피할 수 없음에 공감했을 뿐이라면, 그것만으론 지금의 이 혼란한 감정을 설명하기에 부족할까.

그녀가 돌아온 것은 역시나 썩 유쾌한 일은 아니었다.

여성성이라 호명되는
언어에 담긴 이미지를 강조하는
사회적 태도는 변함없이 견고했고

그 기준의 평가에서
둔감할 수 있는 사람은
그리 많지 않았다.

여성성 상실
여성성 상실의 공포

'출산 후 여성성 거세당한 느낌'

얼마 전 우연히 접한 뉴스 기사에서 한 여자 연예인이 출산 이후 여성성을 거세당했다는 공포에 휩싸였다고 고백한 내용을 보았다. 그녀처럼 임신과 출산 과정을 겪은 엄마들의 여러 댓글은 그녀의 여성성 상실이라는 상황과 공포의 감정에 매우 공감하는 듯 보였다.

아직 미혼. 임신과 출산은 내게 전혀 해당 사항이 없는 일임에도 불구하고 나 역시도 그 댓글들을 무심히 훑고 지나칠 수는 없었다. 내게도 몸과 여성성, 그리고 성적 매력에 관한 고민은 십 대 시절부터 지금까지 매 순간 껴안고 살고 있는, 너무나도 익숙하고 당연한 문제였기 때문이다.

o ● o

　심한 감기에 걸려도 웬만하면 병원 가는 걸 꺼리고 자연치유를 기다리곤 했던 나를 오픈 시간 전부터 병원 문 앞에 미리 서 있게 만든 사건이 있었으니, 겨드랑이에 단단히 잡혀 약한 통증을 유발하는 몽우리가 그 이유였다.

　티브이를 보며 별생각 없이 겨드랑이를 만져보다가 딱딱한 무엇인가가 잡히자 머리카락이 쭈뼛 섰다. 즉시 몸을 일으켜 포털 사이트에 닥치는 대로 검색을 해보기 시작했다. '겨드랑이 몽우리', '겨드랑이 통증', '유방암 초기증세', '유방 절제' 검색어가 유방 절제에까지 이르자 불안함에 입이 바싹 마를 정도가 되었다.

　혹시 유방암? 가슴을 떼어야 한다고 하면 어떡하지?

　극도의 공포와 불안감에 사로잡혔다. 꼬리에 꼬리를 물고 생기는 걱정에 한숨도 자지 못하고 다음 날 부랴부랴 달려간 유방 외과의 남자 의사 앞에서 상의 탈의를 하고 두 팔을 머리 위로 뻗은 채 누웠다. 평소 산부인과도 여자 의사만 고집하던 나였는데, 여자 의사, 남자 의사를 검색하고 고민할 시간 따위는 없었다. 제발 별일이 아니기만을 간절히 빌 뿐.

초음파 검사 결과 겨드랑이에 딱딱하게 잡혔던 몽우리의 실체는 다행히 별것 아닌 것으로 밝혀졌다.

"부유방입니다. 이건 어떤 병도 아니고, 잘못된 것도 아니고, 아무것도 아니에요. 걱정 안 하셔도 됩니다."

다행이라고 생각하며 안도의 한숨을 내쉬자 그제야 상의를 벗고 만세를 하고 누워있는 내 모습이 객관적으로 눈에 들어오기 시작했다. 아, 이러고 있는 건 조금 쑥스러운데, 라고 생각하고 있던 찰나 초음파로 가슴 부위를 보고 있던 의사 선생님의 동작이 갑자기 멈춰졌다.

"스톱."

의사 선생님의 지시에 따라 간호사가 잽싸게 모니터를 정지시킨 후 무엇인가를 적었다. 잠시나마 안도했던 감정이 순식간에 사라져 버리고 심장 박동이 가슴을 뚫고 나올 것 같이 다시 빠르게 두근대고 있었다.

"왼쪽 가슴에 뭔가 보이네요. 조직 검사를 해봐야 할 것 같은데요."

검사 결과는 딱 일주일 후에 나왔다. 짧다면 짧다고 할 수 있는 시간이었지만 그 어떤 시간보다 끔찍했던 날들이었다. 일주일 전에 비해 심히 초췌한 몰골을 한 나를 앞에 두고 의사 선생님은 이것은 섬유 선종이라는 것이며 병으로 발전할 만한 것도 아니고 치료를 필요로 하는 것도 아니라며 육 개월에 한 번씩 내원해 진찰을 받으면 된다고 했다.

"내버려 두면 암이 되거나 그런 건 아니죠?"

일주일 동안 어찌나 걱정했던지 입을 떼는데 입술이 다 말라 쩍쩍 갈라져 있었다. 의사 선생님은 내버려 둔다고 해서 암이 되는 건 아니지만 만일 너무 커져 불편감이 생길 시 제거술을 해야 할 수는 있다는 친절한 설명을 해주었다.

'혹시 제거술이 가슴을 절제한다든가…'

바보 같은 질문을 할 뻔한 걸 간신히 삼켜냈다. 진심을 담아 감사의 인사를 표한 후 병원을 나섰다. 육 개월에 한 번씩 내원해 진단을 받아야 하지만 이제 나는 그동안 나를 옥죄던 공포에서 벗어난 것이다. 다름 아닌 여성성 거세의 공포에서.

일주일간, 나를 위기감과 공포로 몰고 갔던 것은 유방암이라는 끔찍한 병, 죽을 수도 있다는 불안감, 그로 인해 겪어야 할 투병과 같은 육체의 고통만이 아니었다. 나를 그보다 더 공포에 떨게 했던 정체는 놀랍게도 유방을 절제할 수도 있다는 심리적 두려움, 즉 여성성의 상실이었다. 여성성의 대표적 상징이자 매력을 어필하는 가장 적절한 신체 부위를 잃을 수 있다는 공포 말이다. 여성성의 상실이 내게 왜 그리도 공포로 다가오는 걸까. 대체 무엇을 그렇게 포기할 수 없는 걸까.

삼십 대가 되면서 관심의 중앙에서 점차 주변인으로 밀리고 있다는 사실은 얼마간 받아들였을지언정 사실 나는 여성적 매력을 완전히 잃을 수 있다는 걱정까지는 하지 않았다. 그나마 다행인건 운동을 좋아하는 덕에 예전보다 탄력을 잃고 약간은 중력의 힘을 받은 것처럼 보이긴 했어도 아직은 나름대로 '봐줄 만한' 몸매, '아줌마 같지 않은' 외형을 갖췄다고 생각했기 때문이었다.

'알 것 다 아는' 삼십 대 여성을 향한 남자들의 무례한 접근이

나 '성'에 집중돼있는 은밀한 관심에 분노가 일긴 했어도 어쩌면 나는 한편으로 안심하고 있었는지 모른다. 종종 겪는 칭찬의 탈을 쓴 무례한 외모 품평에 나는 불편한 기색을 숨기지 않았지만 사실 그때마다 마음속 깊은 곳에 은근슬쩍 안도의 감정이 스멀스멀 피어나기도 했다. 그 비겁한 마음을 나는 누구에게도 말하지 않았다. 그 양가의 감정의 근원과 역사를 이야기한다면 우습게도 십 대 시절부터 지금까지 나의 정체성을 구성해 온 주요 요소가 여성성, 그리고 성적 매력이었다는 사실이 아닐까.

성적 매력이 내 존재의 정체성을 이루는 주요 요소라니. 초라하고 쓸쓸하게 느껴지기도 하지만 내 인생에 있어 다양한 사회적 성취만큼이나 로맨스와 섹슈얼리티가 굉장히 중요한 문제였듯, 사실상 나의 정체성 형성에 여성성과 성적 매력은 떼려야 뗄 수 없는 굉장히 중요한 범주였다. 그런 이유로 내게 있어 나의 존재를 뒤흔드는 일이란 다른 어떤 상실의 문제보다도 여성성을 상실한다는 것, 더는 여자로서 어필할 수 있는 존재가 아니게 된다는 데 있었다.

성적 관심과 욕망을 충족시켜줄 공식적 짝이 있는 기혼의 경우도 예외는 아니었다.

"그리고 가슴도 처지고 뱃살도 늘어나잖아."

우리 중 유일한 기혼 여성 Y가 무거운 고민을 실토했다. '임신과 출산이 두려워요.'라는 보편적 고민거리에 맞벌이, 육아, 게다가 요즘 같은 경쟁 사회에 아이들 교육 문제도 걱정이라며 평범하게 대화를 이어 가다가 Y는 임신과 출산으로 인한 '몸매 변화' 역시 고민이라는 사실을 맨 끝에 덧붙였다. 나의 반응이 그녀를 더욱 혼란하게 할까 싶어 표현하진 않았지만 속으로 나는 격하게 공감하고 있었다. 사실 나 역시도 아이를 낳은 여성의 몸을 신성하고 위대하다는 점에는 동의했을지언정 사회적 통념의 미적 기준에서 아름답다고 느끼기는 어려웠으니까.

감히 짐작건대 아마도 Y가 느낀 불안의 원인은 단순한 몸매 변화, 즉 익숙한 몸이 낯설게 변하는 데에서 오는 두려움이라기보다 여성성이 내재한 몸이 변화한다는 바로 그 지점에서 피어나는 두려움 때문이었을 것이다. 임신과 출산으로 인한 몸의 변화를 아무리 모성 신화와 축복으로 미화해보려 한들 그것은 한편으로 여성적 자아가 상실된다는 공포와 불안으로 다가온다는 것을 삼십 년 이상을 이 사회에서 여성으로 살아온 나 역시 모를 리 없었다.

엄마들이 자주 이용하는 사이트에 올라온 고민은 더 비통했다. '가슴이 아니라 아기 밥통인 듯.', '포유류가 된 듯해요.' '출산 후 변한 몸에 남편이 저를 여자로 보지 않을 것 같아 속상해요.' 드물지 않게 그들 중 일부는 모유 수유로 인한 몸의 변화와 모성애의 고민 사이에서 죄책감과 책망을 움켜쥐고 있었다. 출산 후에도 여전히 '아가씨' 몸매를 유지하고 있는 사람들은 선망의 대상이 되었다. 사랑하는 남편이 있는 기혼자가 되어도 여성적 매력에 대한 욕망은 근본적 문제로 작용했다. 그런 의미에서 임신과 출산을 두려워하는 Y의 고민은 절대 독특하지 않은, 매우 현실적인 걱정거리임이 틀림없었다. 아무리 엄마라는 존재로 정체시키려 해 봐야 삼십 년 내내 당연하게 품어왔던 여성성이 상실된다는 것은 이 사회에서 여자로 살았던 존재의 부정처럼 느껴질 만했으니까.

나이가 들고 시간이 흐르면 몸이 변하는 것은 진리일진대, 여성성이라 호명되는 언어에 담긴 이미지를 강조하는 사회적 태도는 변함없이 견고했고 그 기준의 평가에서 둔감할 수 있는 사람은 그리 많지 않았다. 수술, 출산, 그리고 폐경으로 변화된 몸에 의해 정체성에 혼란을 겪으며 우울감에 침잠해 가는 이들이 얼마나 많았던가.

"야, 연예인들 봐봐. 너도 관리하면 돼. 지금도 몸매 제일 좋으면서. 넌 바로 회복할 걸."

Y에게 마음가짐을 바꿔보라거나, 어떤 너의 몸도 모두 아름다울 것이라는 말은 건네지 않았다. 한 생명의 탄생 또는 남편을 포함한 가족의 사랑으로 극복할 수 있다는 순진한 위로도 왠지 부적절하고 이상했다. 대신 나는 그녀가 지닌 월등한 미적 매력을 상기 시켜 주었다.

○ ● ○

수요일. 수영 강습이 있는 날이었다. 비누칠 하며 샤워 타월로 발가락 사이사이를 문지르다 보니 갑자기 가슴이 아니라 발가락이 문제였다면, 하는 생각이 들었다. 발가락을 제거해야 한다고 했어도 그만큼 두려웠을까. 발가락처럼 가슴도 그저 몸에 달라붙어 있는 것뿐인데, 사회적으로 그렇게 성적 의미를 붙인 것뿐일 텐데, 고작 이것 때문에 수십 번도 더 천국과 지옥을 옮겨가다니.

그런데도 사실 나는 안도하고 있었다. 성적 매력을 대표하는 상징이 훼손되지 않았다는 안도, 여성성이 아직 살아 있다는 안도, 비(非) 여성이 아니라는 나의 존재의 확인에 대한 안도를. 나는 아무 매력도 지니지 않은 발가락 따위가 아닌, 매력을 어 필하는 가장 적절한 신체 부위인 유방을 잃지 않았고 나를 옥 죄던 여성성 거세의 공포에서 당당히 빠져나올 수 있었다.

하지만 또다시 위기가 찾아온다면?

알고 있다. 이것은 일시적 탈출, 유예에 불과할 뿐이라는 것 을. 언젠가 꼭 또 다른 여성성 상실의 위기가 찾아와 나를 위협 할 것이고 빈약한 자존감을 지닌 내 삶에 균열을 일으키면서 또다시 공포로 날 밀어 넣게 될 것이라는 것을.

왜 모르겠는가. 나는 언제까지나 매력적인 존재일 수 없고, 여성성과 성적 매력이 살아 있는 몸은 영속적이지도, 영원할 수 도 없다는 것을. 그것은 시간이 흐르면 의미 없어질 허울에 불 과하다는 것을.

결국, 젊음과 아름다움, 그것들과 여성을 나란히 두는 고정관 념에서 벗어나 언젠간 여성성의 의미를 재설정해야 한다는, 단 순하진 않지만 너무나도 명확한 해답을 말이다.

그러나 그 명확한 해답과 나의 거리는 아득히 멀다. 평생을 그렇게 학습되어 살아온 이로서 상실감을 단번에 떨쳐내고 단 호한 태도를 보인다는 것이 어디 그리 쉬운 일이던가. 한 여자

연예인의 여성성 거세의 공포감을 무심히 지나칠 수 없고, 생명을 잉태하는 거룩한 행위와 몸매의 망가짐을 비교하는 Y의 고민에 웃을 수 없으며, 폐경 이후 여자로서의 삶이 끝났다고 슬퍼하는 엄마에게 다른 일로 정체성을 찾으라고 말할 수는 없는 것이다. 절대 자비롭지 않은 사회적 평가의 기준과 가혹한 사회적 시선이 존재하는 이상 아마 나는 꽤 오랜 시간 동안 여성성 상실이라는 고전적 공포에서 헤어 나오기 힘들 것이다.

거품을 씻어내고 거울에 비친 가슴을 들여다보니 윗부분에 조직 검사를 위해 바늘을 꽂았던 흔적이 아직 남아 있었다. 어쨌든 아직 곡선의 형태를 잃진 않은 것이다. 안도감이 다시 한 번 밀려들었다.

나는 애써 노력하지 않기로 했다. 그리고 그 공포에서 헤어 나오기 힘듦을 인정하기로 했다. 그러나 누가 알겠는가. 그렇게 단지 버티며 살다 보면 어느 순간 훌쩍 성장해 해답에 가까워져 있을지, 어느 순간 괴로움의 감정마저 언제 그랬냐는 듯 잠잠히 사그라질지, 아니 혹시 상실의 고통을 계기로 그 모든 것에 초월해 흔들리지 않는 진정한 어른이 될지도.

나도 나이가 든 것이다.

앙상하고 메마른 가을은 아닐지언정
쨍쨍한 여름이라 할 수도 없었다.

서서히 하강 곡선을 그리는
실상을
마주하고야 만 것이다.

안티에이징
안티에이징 권하는 사회

거울을 들여다보다 입가 주변의 팔자주름을 발견했다. 콧방울에서 입가까지 이어지는 약하게 패인 줄이 생경했다. 당혹하고 조급한 마음에 그 부근을 급히 문질러대도 그것은 태초부터 그곳에 존재했던 양 떡하니 자리 잡고 앉아 도무지 희미해질 기미를 보이지 않았다. 이럴 수가. 대체 언제부터 이게 있었단 말인가. 그 시작을 떠올려 보려 해도 기억이 날 리 없었다. 주름이 없는 얼굴이 너무나도 당연해서 신경 쓰고 있지 않던 사이 '그것'은 갑작스러운 재앙처럼 어느새 나를 덮쳐오고야만 것이다.

또다.

얼마 전 느닷없이 닥친 '흰머리'의 기습을 떠올렸다. 처음엔 현실을 부정하며 보이는 족족 그것을 뽑아내기 바빴고, 그 후엔 흰머리 안 나는 법 등을 검색하며 그것의 흔적을 없애기 위한 해결책을 찾고자 했다. 그러나 그사이 나를 비웃기라도 하듯 기하급수적으로 급속히 수를 늘리는 흰머리의 맹렬한 공격 끝에 결국 항복을 선언하며 주기적 염색을 하는 것으로 합의를 보고야 말지 않았던가. 어쨌든 각고의 노력으로 남들은 주의 깊게 살피지 않으면 나의 흰머리를 알아보지 못했으니 어느 정도는 위장에 성공할 수 있었다지만 주름의 문제는 미묘하게 달랐다. 아무리 파운데이션을 최대한 꼼꼼하게 발라 본들 단 한 번의 웃음만으로도 그것은 무력해질 수 있었다.

쓸쓸하게도 신체 노화의 흔적이 이제 '감출 수 없는' 얼굴에까지 옮겨온 것이다. 팔자주름이 더는 깊어지는 것을 방지하기 위해 볼에 빵빵하게 공기를 물고 거울을 물끄러미 들여다보니, 우스꽝스러운 표정에 피부 노화의 진행을 애써 부정하는 마음이 겹쳐 추한 얼굴만이 그 안에 머물러 있었다.

얼굴로 옮겨온 나이 듦의 흔적이 서글프고 비참하긴 해도 작게나마 위안이 되는 사실은 누구에게나 시간의 흐름은 필멸의 운명이라는 것. 다행히도 노화는 분명 내게만 닥친 일은 아니었다. 올해로 서른셋이 된 나의 친구들 또한 슬금슬금 변모하는 자신의 외모에 대한 자각과 함께 각자의 고민을 껴안고 있었으니 말이다.

최근 모임에서 K는 절대 저렴하지 않은 미용실 탈모방지 샴푸의 사용과 함께 매일 적당량의 맥주효모를 섭취하고 있음을 고백했다. 그게 어떤 효과가 있느냐는 친구들의 물음에 K는 자신의 가르마를 가리키며 강력한 자신감이 섞인 목소리로 말했다.

"이것 봐. 머리카락이 진짜 새로 나는 것 같다니깐."

일 년 전 K의 탈모 걱정에 나는 아직 걱정할 때가 아니라며 은근한 우월감과 함께 안도의 감정을 감추지 못했던 나도 언젠가부터 가르마 부근의 머리숱이 예전 같지 않음에 슬슬 걱정되던 터였다. 이젠 조금 더 사정이 낫다며 자위하고 있을 상황이 아니었다. 진행속도로 보면 급한 것은 오히려 내 쪽일지도 모른다. 나는 이번엔 그녀에게 새로 머리카락이 자라나는 효과가 있다는 맥주효모 제품 정보를 넘겨받은 것에 안도했다.

언젠가부터 모임에서 '안티에이징'에 관한 주제는 삼십 대라면 모두가 공감할 수 있는, 오랜 시간 떠들만한 적절한 대화 주

제로 오르곤 했다. 우리는 피부과나 경락 마사지, 홈 케어 상품과 같은 안티에이징 제품이나 관리법에 대해 꽤 많은 정보를 주고받았고, 실제 지인들이 경험했다는 극적인 효과에 대해 토론을 하곤 했다.

여행을 다녀오면 친구들을 위한 소소한 선물을 사 오는 것은 우리 사이의 오랜 관례였다. 얼마 전 남자 친구와 함께 해외여행을 다녀온 W도 그 관례를 충실히 따르고 있었다. 그러나 적당한 기대감을 안고 있던 내가 그녀에게 건네받은 것은 놀랍게도 발 각질 제거제와 풋 크림으로 구성된 발관리 제품이었다. 발각질 제거제라니? 어느 누가 발각질 제거제 따위를 선물로 받고 싶어 한단 말인가. 샌들을 신는 계절도 아니었고 건조한 날씨라곤 하지만 바디로션 하나면 충분했다. 립스틱 같은 간단한 화장품, 아니면 그 나라의 간식거리 같은 것을 바랐던 나로서는 다소 못마땅한 감정을 숨기지 못했다.

그러나 역시 W의 선택은 옳았다. 눈치채지 못했던 사이 어느새 쩍쩍 갈라지고 굳은살이 박혀 까슬까슬해진 발뒤꿈치를 바라보며 나도 그 낯선 모습에 깜짝 놀라고 말았다. 보이지 않아 더욱 신경 쓰고 있지 않았던 몸 구석구석에 지난 시간의 층이 고스란히 쌓여 있었다. W는 무엇보다 알맞은 '안티에이징'

을 위한 선물을 건네주었다.

급 후회가 밀려왔다. 노화는 늘 나와 관계없는 먼 미래의 문제일 것으로 생각해 왔다는 것에, 그것에 손톱, 아니 발뒤꿈치 각질만큼의 관심도 두지 않았다는 것에. 시간의 연속성 속에 살고 있다는 것을 알고 있으면서도, 내가 생각할 수 있는 한계는 늘 가까운 미래였다. 언젠가 나 역시 노인이 될 것이라는 사실을 상상할 수 없었다. 내 눈에 노인은 예전부터 노인이었던 것처럼 보였고, 그 때문에 노화는 늘 타인의 문제였다. 그러나 흰머리, 팔자주름, 그리고 보드라움을 잃은 딱딱한 발뒤꿈치는 내게 아주 분명한 사실을 일깨워주고 있었다. 노화는 이제 결코 먼 미래의 남의 문제가 아니다. 바로 지금 이 순간 나 자신의 문제인 것이다.

일상을 뒤트는 '노화'라는 이름의 이 깜찍한 재앙이 가져온 것은 불행히도 외모의 변화뿐만이 아니었다. 미세하게 서서히 쇠락해가는 몸의 변화가 느껴지고 있었다. 그토록 믿어 의심치 않았던 내 몸에 대한 확신이 조금씩 흔들리고 있었다. 최근 W는 빈혈 증세를 자각하자마자 부랴부랴 종합검진을 받고 주 3회 필라테스를 시작했다. 조금 더 어렸을 적에는 무심히 넘겼을 수도 있을 만한 일이었다. 겨드랑이에 잡힌 작은 몽우리에 다음날 꼭두새벽부터 유방 외과로 달려갔던 나 역시 예외는 아니었다. 내 몸이 마냥 생생하지 않은, 병이 들 수 있는 몸이라는 것을 자각한 것이다. 어디선가 우연히 얻은 종합 비타민만이 자리 잡고 있었던 책상 위엔 전 같았으면 외웠을 리 만무한 복잡한 이름의 건강 제품들, 이를테면 면역력에 좋다는 프로폴리스, 간 건강을 위한 실리마린과 같은 영양제들이 착실히 가짓수를 늘려가고 있었다.

나도 나이가 든 것이다. 요즘 세상에 고작 삼십 대가 무슨 나이 타령이냐며 욕먹기 딱 좋은 발언이 될 수도 있겠지만, 앙상하고 메마른 가을은 아닐지언정 쨍쨍한 여름이라 할 수도 없었다. 서서히 하강 곡선을 그리는 실상을 마주하고야 만 것이다.

늙고 싶지 않다. 그것이 모두가 피해 갈 수 없는 자연의 섭리일지라도 늙고 싶지 않다. 이 바람이 그저 미성숙하고 허황한 욕망일 뿐일까.

문득 몇 달 전 엄마가 받았던 리프팅 시술이 생각났다. 신사역 바로 앞 높은 건물에 있는 한 성형외과였다. 늦은 저녁 시간이었는데도 많은 사람이 그곳에 있었다. 시간의 무게가 전혀 느껴지지 않는 주름 하나 없이 팽팽한 얼굴, 그래서 어딘지 모르게 인위적으로 보이는 이들 사이에서 기묘하게도 지난 시간의 흔적을 얼굴 곳곳에 간직한 엄마가 외려 이질적인 존재처럼 느껴졌다. 가장 매끈한 피부를 지닌 이십 대로 보이는 실장이 엄마의 상담을 맡았다. 그녀의 친절하고 나긋나긋한 설명에 매료되었는지, 아니면 이십 대 특유의 눈부시고 당당한 젊음의 분위기에 압도되었는지, 어쨌거나 엄마는 망설임 없이 바로 시술 날짜를 확정했다.

"아빠한테는 말하지 마."

백오십만 원이라는 거금을 영구적이지 않은 미적 효과를 위해 투자하는 것을 아빠는 결코 이해하지 못할 것이라는 엄마의 판단이었다.

그러나 시술 이후 강력한 탄력 효과를 얻고 확연히 변화된 모습에 엄마는 기쁨을 감추지 못하며, 딸에게 입단속을 시켰던 것을 잊은 양 아빠에게 변한 것이 없느냐고 물어보기까지 이르렀다. 다행스럽게도 '십 년은 더 젊어 보인다.'라는 아빠의 명확한 정답에 엄마는 짐짓 의기양양한 태도로 한 마디를 덧붙였다.

"당신도 나랑 같이 피부과 가서 관리 좀 해. 지금 꼭 노인네 같아."

오십 대 후반의 남자가 무슨 피부과 관리냐며, 말도 안 되는 소리라 무시하고 말 것으로 생각했는데 예상을 깨고 웬일인지 아빠는 엄마의 제안을 군소리 없이 수긍했다. 그래, 아빠도 좀 받아봐, 라고 거들면서도 육십이 다 되어가는 중년 남성의 피부 관리라는 것은 왠지 고상하지 않다는 생각이 들었다. 어쩐지 민망하고 부자연스러웠다. 그러나 자연스럽다는 것은 뭘까. 급속도로 진행되는 신체적 노화 앞에서 가만히 손 놓고 앉아 늙어감을 받아들이는 것? 시술 따위 흐르는 세월을 거스르는 것이라 여기고 거부하는 것?

바야흐로 안티에이징 권하는 사회였다.

티브이 속 동안 얼굴과 군살 없는 젊은 몸을 유지하고 있는 이들을 보는 것은 특별한 일이 아니었다. 비단 연예인들만이 아니다. 지하철만 타도 수많은 광고판은 '그런 얼굴과 몸으로 살 거냐'며 관리하지 않는 나를 앞에 두고 호통치고 있는 듯했다. 젊음을 사수하기 위해 많은 이들은 그들의 시간과 돈을 기꺼이 투자했다. 흰머리, 탈모, 기미와 검버섯으로 뒤덮여 탄력을 잃고 축 처진 피부. 노화의 상징을 지닌 이들은 결코 이 사회에서 환영받지 못하고 소외되었다. 나이 듦을 쇠락으로 표현하는 사회, 젊음만이 아름답다고 숭배하는 사회에서 노화는 누구에게나 절대 달갑지 않은 두려운 손님일 뿐이었다.

그런 사회에서 어떤 태도를 자연스러운 것이라 여길 수 있을까. 잠시나마 '중년 남성'과 '관리'의 조합을 부자연스럽게 여겼던 것이 부끄러워졌다. 신체가 쇠락했다고 한들 젊음에의 욕망까지 사그라질 수는 없는 것이다. 누구도 나이 듦을 피해 갈 순 없다지만 육십 대가 가까운 나이에도 조금이라도 젊어 보이기 위한 욕망, 사회에서 소외된 자로 전락해버린 '노인네'로 취급받고 싶지 않은 것은 지금의 사회에서 지닐 수 있는 자연스러운 갈망이 아닐까.

젊음을 찬양하고 나이 든 자의 가치 찾기에 소홀했던 것을 뻔히 알면서 한편으로는 원숙함을 갖추고 고상하게 나이 들기를 바랐다니. 어쩌면 이것이야말로 가혹한 폭력이 될 수 있겠다고, 군데군데 검버섯이 번져있는 아빠의 얼굴을 바라보며 나는 생각했다.

K에게 넘겨받은 탈모방지에 탁월한 효과가 있다는 맥주효모를 주문하기 위해 제품명을 검색하면서 나는 새삼 빅데이터의 위대함을 실감하고 있었다. 여러 번 노화 방지와 관련된 정보를 검색해온 기록을 토대로 인터넷은 나라는 인간의 관심 정보를 수집하고 분석해 내게 꼭 맞는 맞춤형 노화 방지 제품 광고들을 선보이고 있었다. 내 눈을 사로잡기 위해 번쩍이며 존재감을 드러내는 그들의 노력에 보답하듯 나는 그들이 내놓은 안티에이징 제품의 광고를 기꺼이 클릭했다. 신사동 9층 성형외과의 실장을 꼭 닮은, 나이 듦의 흔적이 전혀 쌓여 있지 않은 모델들이 젊음을 사수하라며 제품을 선전하고 있었다. 안티에이징을 적극적으로 권하는 그들의 확신 가득한 추천에 나는 고민 없이 탈모방지 맥주효모와 함께 안티에이징 제품들을 장바구니에 담았다.

몇 가지 제품을 담았을 뿐인데 이십 만 원이 훌쩍 넘은 장바구니를 보며 잠깐의 망설임이 일었다. 회의감이 밀려오는 듯했다. 고작 팔자주름 따위에 수많은 생각이 뒤엉켜 전전긍긍하는 내 모습이 우스웠다. 나도 역시 외모지상주의라는 사회적 압박에 제대로 굴복해버린 걸지도 몰라. 어차피 언젠가는 늙을 텐데 그냥 인정하고 순응하면서 살 것이지, 굳이 이렇게까지 하면서 추잡하게 살아야 하나. 껍데기는 그저 껍데기일 뿐인데 내면을 가꾸고 품위 있게 나이 드는 것이 더 나은 자세가 아닐까.

그러나 구구절절 옳은 내면의 소리를 외면하며 끝내 나는 주문 버튼을 클릭했다. 결제 완료 창 옆으로 이번 주문만으로 절대 끝나지 않을 것을 예고하듯 십 년은 어리게 만들어준다는 보톡스와 필러 특가 광고가 나를 유혹하기 위해 맹렬히 노력하고 있었다.

어떤 수를 써서라도 계속 투쟁해야 할까. 아예 나이를 진탕 먹어 버리면 그땐 나이 듦을 수긍하고 초월하게 될까. 피할 수 없는 노화라는 숙명에 대체 어떻게 대처해야 하는지, 무엇이 옳은 길인지 혼란스러웠다. 아마 시간이 더 지난다 해도 해답을 찾긴 쉽지 않을 것이다. 하루하루 낯설어지는 몸을 볼 때마다 나는 지독한 상실감에 휩싸일 것이고, 그것은 좀처럼 익숙해지지 않을 고통일 것임이 뻔했다. 수많은 안티에이징 제품들, 혹은 시술로 켜켜이 쌓인 세월의 층을 얼마간 퍼내 나른다고 한들 이미 두껍게 쌓인 시간의 흔적을 없애긴 역부족일 테고, 나의 처절한 몸부림은 공허함만 남긴 채 무위로 돌아갈지도 모른다.

젊음은 영원할 수 없고, 영원할 수 없는 것을 욕망하는 것은 결국 비참한 최후를 맞이할 수밖에 없기에.

그러나 안티에이징 권하는 사회에서 나이 듦에 대한 마음가짐을 고쳐보라는 어설픈 설교는 내게 딱히 와 닿지 않는다. 미안하지만 그런 위로 따위 비열한 허상과 위선에 지나지 않는 것이다. 나는 다만 최대한 사수하고 싶다. 젊음을 앗아가는 흘러가는 시간 앞에 속수무책으로 당하고 싶지 않을 뿐이다.

나는 발전하지 못했다

상처받지 않기 위해
쉬운 여자가 되지 않기 위해
전략을 수정하고 수정하며
거대한 금기 사회를 벗어나지 못한 채

살아내고 있을 뿐

짝짝이 속옷
욕망 절제 장치

어제 입고 던져두었던 브래지어를 그대로 차고 건조대에 널려있는 적당한 팬티를 주워 입는다. 체크무늬가 들어간 남색 브래지어에 약간 바랜 듯한 상아색의 면 팬티. 짝짝이 속옷이다. 짝이 맞는 남색 팬티가 서랍 안쪽 어딘가에 잘 포개져 있다는 것은 알고 있지만 나는 찾지 않는다. 물론 짝짝이 속옷 착용이 그리 특별한 일은 아니다. 속옷의 개수가 수십 벌이 아니고서야 매일같이 딱딱 세트로 짝을 맞춰 입는다는 건 생각보다 쉽지 않으니까. 게다가 보이지 않는 곳에 별 관심을 두지 않는 내 경우엔 365일 중 무려 311일 정도는 짝짝이 속옷을 착용해오지 않았던가. 그러나 중요한 건 그게 아니다. 핵심은 오늘의 짝짝이 속옷 착용이 다분히 '의도적으로' 이뤄졌다는 데에 있다.

　사실 오늘은 그간 만남을 미루고 미뤄왔던 남자 사람 동생, P를 만나는 날이다. 요새 딱히 '썸'이라 불릴 것도 없겠다, 짝사랑을 할 만한 대상도 없겠다, 아이러니하게도 그날 이후로 간간이 연락을 주고받다 여전히 센스를 잃지 않은 그에게 살짝 미세한 호감이 생겨버린 것이다. 완전히 썸을 탄다곤 할 수 없지만 아는 남자와 썸의 사이에선 썸에 조금 더 가까운 지점에 위치한, 발전 가능성이 있는 미묘한 사이랄까. 음, 그러니까 말하자면 오늘의 짝짝이 속옷은 이 미묘한 상황에 꼭 필요한 나름의 '장치'인 것이다.

　남자와 속옷. 이해가 가는가. 눈치 빠른 사람이라면 정이현의 소설 〈낭만적 사랑과 사회〉에서의 주인공 유리가 생각이 날 법도 하다. 가부장제 사회에 완벽히 적응해 낭만적 사랑일랑 진즉 갖다 버리고 순결을 오히려 계급 상승의 무기로 사용했던 영악한 유리. 마지막 결정적 순간에서의 배팅을 위해 최후의 보루로 헌 팬티를 입었던 오, 가엾은 우리의 유리. 그러나 오해는 마시라. 유리처럼 순결을 무기로 여긴다거나 고귀하게 생각하는 타입은 결코 아니니까. 무려 십칠 년이다. 유리가 이 세상에 충격을 던져주며 등장한 지도 벌써 십칠 년이 지났다. 흐른 세월만큼이나 여성들도 발전했다. 이제 섹스 한 번 했다고 죄책감을 느낀다거나 순결을 천하무적의 무기로 생각하는 여자는 그리 많지 않다. 게다가 겨우 그 정도 전략 따위로 계급 상승이 가능하다고 믿을 만큼 어리석지도 않다.

그렇다면 대체 거울 속 짝짝이 속옷을 입고 서 있는 당신의 문제는 무엇이냐. 문제는 이것이다. 사실 십수 년이 지난 지금도 남성과 여성이 분명히 구분되는 사회에서 부여받은 구시대적인 여성성은 여전히 유효하게 받아들여진다는 것. 아니 어쩌면 더욱 교묘하게, 생생히 살아 있다는 것.

호감이 있지만 사귀지 않는 남자와 만날 때 나는 짝짝이 속옷을 입는다. 후회할 일을 만들지 않기 위해, 쉬운 여자로 보이지 않기 위해, 내 안의 욕망을 절제하기 위한 하나의 장치다.

○●○

"아니. 겉옷이랑 같이 벗어 던져버리면 끝나는 거 아냐? 효과 없다고 봐."

욕망을 적극적으로 드러내며 즐길 때와 아쉬워도 절제해야 할 때를 구분해야 한다는 '욕망 절제 이론'에는 말없이 고개를 끄덕이며 공감의 뜻을 나타내던 그녀들이 내가 제시한 나름의 '장치'에는 곧장 이의를 제기했다. 겨우 짝짝이 속옷 따위로 성적 욕망의 절제가 가능하다고 보느냐. 그 상황에서 상대방이 '그딴 거'에 신경이나 쓰고 있을 줄 아느냐며 코웃음을 치는 K의 표정이 무척이나 단호하다. 본인의 경험에 기반을 둔 강력한 확신이 아니고서야 불가능해 보일 정도로.

"엄마한테 남자를 만나러 간다고 보고를 하고 나가."

"미쳤냐?"

"술을 자제하는 게 가장 확실하지."

"그게 쉽냐?"

말 같지도 않은 소리. 하나도 도움 되지 않는 전략. 대부분 실수의 근원은 술이라지만 나는 결코 술을 이길 수 없다는 것을 잘 알고 있다. 시작하지 않을 수 없다는 것은 더 잘 알고 있다. 술과의 대결에서 나는 한 번도 승리한 적이 없었다. 호감 있는 상대가 앞에 있을 때 술은 늘 너무나도 달았다. 대체 어떻게 그 마법의 묘약을 거부할 도리가 있단 말인가.

"그래서 나는 예전에."

가만히 침묵을 지키고 있던 W가 굳게 다물고 있던 입술을 뗀 것은 그때였다.

"제모(除毛)를 안 했어."

뭐, 뭐라고? 갑작스러운 W의 강력한 한 방에 뇌에 과부하라도 걸려버린 듯 잠시 사고가 정지해버렸다. 다들 어리둥절해하면서도 다음 이어질 말을 간절히 궁금해하고 있다는 것을 눈치챈 듯 그녀는 자신만만하게 본인의 장치에 대한 설명을 곧바로 이어나갔다.

욕망이 득실득실 끓어오르지만, 이 관계에 확신이 없을 때, 다음 날 아침 밀려오는 후회가 빤하게 예상이 될 때, 그럴 때 그녀는 까끌까끌한 겨드랑이를 생각하며 욕망을 참아냈다고 했다. 후끈 달아오른 분위기, 급하게 벗고 벗겨 던져버린 옷에 드러난 알몸, 그 몸의 구석구석을 애무하다가 그가 너의 겨드랑이를 들어 올리는 순간 까맣게 박혀있는 털을 발견하는 상황을 상상해 보라는 말을 덧붙이며.

"아, 존나 끔찍해. 미쳤어."

모두가 W의 발언에 들어선 안 될 말이라도 들었다는 듯 욕설을 내뱉고 도리질을 치며 강력한 거부감을 나타냈지만 그들의 눈빛으로 미루어 보건대 다들 나와 같은 의견임이 분명했다. 그것이 사실 몹시 일리 있는 말일 수 있다는 것을.

"이중 장치를 채우란 말이야, 이중 장치를."

잊을 수 없다. 아마 평생 잊지 못할 것이다. 나를 애송이 보듯 바라보며 마지막 말을 진지하게 내뱉은 그녀의 의기양양하고 믿음직한 그 표정을. 어어, 나는 한순간 설득당해 고개를 끄덕였다. 그녀의 지혜로움에 새삼 존경을 표할 수밖에 없었다. 이건 진짜다. 그것은 오랜 삶의 경험에서 우러나온 '찐 조언'이었다.

o●o

그날의 기억을 다시금 떠올리며 나는 코트의 앞섶을 단단히 여몄다. 그 안에 감춰져 있는 짝짝이 속옷과 매끈하지 않은 겨드랑이의 이중 장치를 생각하면서.

떡 줄 사람은 생각도 않는데 이건 지나친 오버가 아니냐고? 미안하지만 나도 그랬으면 좋겠다. 물론 이 모든 고민이 어쩌면 한낱 김칫국에 불과할 수도 있다는 것은 인정한다. 하지만 결코, 과하다거나 부적절한 고민이라고 말할 순 없는 것이다.

그렇다고 해서 굳이 장치까지 설정해가면서 이렇게 지질하게 만나야 하나. 그럴 바에 안 만나는 게 낫지. 이러고도 현대사회를 사는 주체적 여성이라고 할 수 있냐. 그렇지만 우리 사회에서 욕망에 충실한 여자, 그것도 욕망하는 삼십 대 여자를 어떻게 취급하는지 모르는 바 아니잖아. P를 기다리는 동안에도 양가의 감정들이 진영을 나누어 옥신각신 다투고 있었다. 이쪽도, 저쪽도 충분히 다 일리 있는 말이었다.

치열했던 마음속 대결은 그러나 나에게 한쪽 편의 손을 들어주게 하고 있었다. 내가 욕망의 주체로서 나의 본능에 솔직했을 때, 그것은 내게 어떤 보답을 안겨주었던가. 이제 궁금한 것이 없다는 듯 시들시들해진 그들의 반응, 손바닥 뒤집듯 갑작스레 변해버린 태도. 아무리 내가 꿀리는 게 없고 당당할지언정 더이상 나는 그에게 소중한 상대가 아니었다. 그때의 배신감이란. 나이가 들고 경험이 쌓여도 그런 반응에 상처 입지 않은 적은 한 번도 없었다.

이 정도면 그냥 '적절한 전략'인 거지, 뭐. 스멀스멀 고개를 쳐드는 자괴감을 가라앉히기 위해 자기 합리화인지 정신승리인지 모를 마인드 컨트롤로 그렇게 나는 나를 위로했다.

"오, 누나 오래 기다렸어?"

왜 불길한 예감은 늘 맞아떨어지는 걸까. 일 년에 두세 번 정도 간간이 연락은 주고받았지만 가장 최근의 만남이 거의 오륙 년 전이었다는 것을 까맣게 잊고 있었다. 포켓몬이 진화하듯 귀엽고 앳됐던 얼굴에서 몇 단계 진화를 겪은 듯한 외모, 셀카 '고자'인가 싶을 정도로 카톡의 프로필 사진보다 훨씬 더 나은 그의 실물은 호감도와 함께 오늘의 불길함을 한껏 끌어올리고 있었다.

"회 먹으러 갈까? 누나 소주 좋아하잖아."

잘 자란 연하남은 나의 연애 세포들을 구석구석 자극하기에 충분했다. 흐른 세월에 비례한 무게감과 성숙함이 고스란히 느껴졌지만 '늙진' 않았다. 동년배 남자들에게서 쉽게 볼 수 있는 탈모도 진행되지 않았고 '아저씨' 느낌도 전혀 없다. 잘 자랐다는 건 비단 외모만을 뜻하지 않는다. 그 시간 동안 그에게 어떤 일들과 만남이 있었는지는 모르지만 어쨌든 그를 더욱 매력적인 남자로 만들어 놓았다는 것은 확실했다. 나의 내면을 동요시키는 사소한 배려와 매너들이 그것을 증명하고 있었다.

어디 그뿐일까. 추억의 힘은 또 얼마나 강한지. 같은 추억을 공유했다는 공감대는 칠팔 년의 공백기가 무색하게 단숨에 서로 간의 거리를 좁혔다. 대화 주제는 차고 넘쳤다. 묘한 정서적 교감이 빠른 속도로 확장되고 있었다. 팔꿈치를 테이블 위에 올린 채 살짝 상대방 쪽으로 기울인 몸의 각도, 끊기지 않는 대화, 잘 맞는 코드와 적절한 타이밍의 개그, 어떤 말에도 킬킬 새어 나오는 웃음. 그 모든 것들이 그린 라이트를 가리키고 있었다. 가히 오랜만에 느껴보는 감정이었다. 역시 소주는 달았다. 우리는 가볍게 잔을 비웠다.

"자리 옮기자. 누나 아는 데 있어."

아주 가볍고 산뜻하게, 내가 먼저 계산서를 들고 자리에서 일어났다.

몇 번 와본 적이 있어 분위기가 보장된 이자카야. 사케 마실까, 라는 P의 말에 술은 섞어 먹는 게 아니라며 아까 마시던 것과 같은 소주를 시켰다. 다른 종류의 술을 마시는 것은 자칫 급작스럽게 취할 위험을 더했다. 어차피 자제 못 할 술. 이만하면 나름의 가벼운 장치였다. 옮긴 자리에서도 마법의 묘약은 달았다. 빠르게 술이 돌았다. 이제 스스로 느낄 정도로 취기가 올라오고 있었다. 달콤한 술, 매력적인 남자, 이미 십 분 전 끊겨버린 지하철. P가 테이블 위로 손을 뻗어 내 머리칼에 붙은, 아마도 칠칠치 못하게 안주를 집어 먹다 묻혔을 무엇인가를 떼어 냈다.

나는 당황한다. 쪽팔려서가 아니다. 코앞으로 다가온 위험을 감지했기 때문이다.

이대로라면 위험한 길을 질주해 버릴지도 모른다. 아니, 지금은 왠지 그래도 좋을 것 같다. 뒷일은 생각하지 말자. 아무럼 어떠냐. 지금 좋으면 그만인 것을. 아니, 아니다. 이건 될 대로 되라지, 식의 무책임한 태도가 아니다. 이것은 나의 주체적이고 자발적인 선택이다. 하지만 남색 브래지어에 바랜 팬티, 제모하지 않은 겨드랑이가 와글와글 난장판이 된 토론장에 들어선 순간, 그것들은 머릿속을 휘젓고 다니며 이성이 무장해제되는 것에 단호히 경고를 내리고 있었다.

"그만 일어날까?"

지금껏 주변을 둥둥 떠다니던 불안의 실체가 언어로 실제화되어 분명하게 제 모습을 드러냈다. 자리를 옮기자는 말과 일어날까, 라는 말은 명백히 다르다. 정해지지 않은 노선, 불분명한 목적지, 그리고 결정적인 순간. 어떻게든 미루고 싶었던 이 순간은 그렇게 가볍거나 산뜻하지 않다. 엉거주춤 서 있는 나와 다르게 P는 벌써 신속하게 계산을 마친 후였다. 그가 걷고 나도 따라 걷는다. 그가 슬며시 내 손을 잡는다.

나는 이 장면을 알고 있다. 목적지가 어디인지 말하지 않고 자연스레 어딘가를 향해 걸어가는 남자를 따라 걷는 장면, 그 걸음이 너무 자연스러워서 어디 가, 라는 말이 도저히 나오지 않는 장면, 택시를 잡으려 하지만 내가 사는 곳이 어느 동네인지 묻지 않는 그 장면을.

나는 해야 할 말을 알고 있다. 그리고 그 말을 꺼내는 타이밍이 얼마나 중요한지도. 잠시라도 설득의 시간이 허락돼선 안 된다. 믿을 수 없는 건 그가 아니라 끓어오르는 내 욕망이니까.

"누나 먼저 택시 타고 갈게. 오늘 재밌었어. 연락할게."

때마침 타이밍에 딱 맞게 옆으로 지나가는 택시를 잡아 세우곤 그가 잡을세라 나는 다급히 손을 빼고 외쳤다. 순간 그의 얼굴에 실망한 기색이 스쳐 간 것도 같았지만 나는 애써 외면했다. 됐다. 적절한 전략, 이중 장치는 정말로 효과가 있었다. 나는 해낸 것이다.

○ ● ○

술 마신 다음 날은 늘 무언가 분명하지 않은 모호한 상태에서 눈이 떠진다. 무슨 일이 있었던 거지, 그러다 전날의 일들이 정리되지 않은 채 들입다 떠오르며 이내 생생한 현실감이 들이닥친다. 아, 맞다. 어제 술 마셨지. 그것을 인식하자마자 나는 본능적으로 핸드폰을 찾는다. 핸드폰 상단 바에 떠 있는 카톡 아이콘이 기대와 불안을 동시에 가져다주고 있었다.

[누나 일어났어? 얼른 해장해. ㅋㅋ 다음 주 토요일에 약속 있어? 영화 볼까?]

예스. 다행이다. 그의 카톡 하나에 기이한 안도감이 느껴졌다. 한심스럽게도 마음속 한 편으론 잠시나마 그의 자존심이 상처 입진 않았을까, 그 상처가 너무 커 혹시 나를 원망스러워하거나 미워하게 되진 않았을까, 그런 우스운 걱정을 하기도 했다. 하지만 나는 이번엔 그의 남성성이 아닌, 나의 인간적 자존심을 지켜내었다. 당연히 후회와 자괴감의 구렁텅이에도 빠지지 않을 수 있었다.

체크무늬의 남색 브래지어가 행거 위에 위태롭게 걸쳐있었다. 고맙다. 이번 건은 네 공으로 돌릴게. 나는 분위기 따위에 휘둘리지 않고 미리 세워두었던 전략을 따름으로써, 욕망을 참아냄으로써 '쉬운 여자' 취급받지 않을 수 있었고, 더 나아가 그의 호감을 당당히 얻어내었다. 당당히….

등신! 이렇게 한심할 수가. 고작 이 정도의 결과를 위해 그렇게 주접을 떨고 지랄을 했다니. 하지만 어제 욕망을 참아내지 않았더라면, 만일 그랬더라면….

위태롭게 걸쳐있던 브래지어가 툭, 바닥으로 떨어졌다. 그것을 주워들고 입고 있던 팬티를 벗어 그것들을 함께 빨래통에 던져버렸다. 빨래통이 아니라 종량제 봉투로 들어가도 괜찮을 정도의 바랜 팬티. 만일 P가 이것을 봤다면. 아아, 그 상상만으로 오싹해지는 것을 보니 역시 꽤 나쁘지 않은 장치였던 걸까.

자신만만했던 W의 표정, 실망의 기색을 감추지 못했던 P의 얼굴이 차례로 생각나는가 싶더니 문득 헐렁한 고무줄, 누렇게 물이 빠진 헌 팬티를 입었던 그녀, 유리가 떠오른다. 위선의 가면을 쓴 영악한 전략가 유리. 결국, 패배하고 말았던 가엾은 유리. 또 한 번 등골이 오싹해진다. 하지만 그녀가 가엾다면 나는?

별반 다르지 않은 것이다. 단지 순결이 무기가 아닐 뿐, 내가 언제 성적 욕망의 온전한 주체이자 능동적 위치였던 적이 있었던가. 십수 년이 지났어도 세상의 기본 틀은 변하지 않았다. 당당한 여성을 환영한다고 하지만 욕망하는 여성은 여전히 불편해하는 모순의 사회, 수많은 잣대와 타인의 시선에서 영영 벗어날 수 없는 사회. 나는 발전하지 못했다. 그저 상처받지 않기 위해, '쉬운 여자'가 되지 않기 위해 십칠 년 전 그녀의 전략을 수정하고 수정하며 거대한 금기 사회를 벗어나지 못한 채 살아내고 있을 뿐.

그것을 넘어서는 것은 은밀하게 내재한 시대의 이데올로기를 완벽히 지워내야만 가능한 것이므로.

호감이 있지만 사귀지 않는 남자와 만날 때 나는 짝짝이 속옷을 입는다. 후회할 일을 만들지 않기 위해, 쉬운 여자로 보이지 않기 위해, 내 안의 욕망을 절제하기 위한 하나의 장치다.

좀, 가엾지만.

짝짝이 속옷 - 욕망 절제 장치

그 모든 것들 뒤에는
결국 무엇이 남을까.

그것은 단지 쓸모를 따져보기 위한
자기 위로일 뿐이거나,
쓸 모 없 을 수 있 다 는
불안감에서 벗어나기 위한
끝없는 소모전에 불과할 것이다.

자기 개발
불안의 세계에서 우리를 구원할 수 있을까?

"팝콘 먹을 사람"을 영어로?

최근 K는 중국어를 배우기 시작했다. 6개월짜리 요가도 함께 끊었다. 주 52시간 근무가 선사한 여유의 시간 덕이었다. 요가에 어학 수업까지 너무 무리하는 게 아니냐며, 대체 남자는 언제 만나려고 하냐며 얼마간의 애정과 걱정을 담아 장문의 카톡을 보낸 내게 되돌아온 그녀의 답은 의외로 간결했다.

[너나 잘하세]

나 역시 지난주부터 주 3회 하던 운동을 5회로 늘렸다. 화요일과 목요일 저녁마다 침대에 멍하니 누워 시답잖은 유튜브 영상이나 보며 '버리는' 시간이 아까웠다. 그 시간에 스쿼시를 해볼까, 헬스를 해볼까 고민을 하다 하나를 집중적으로 파보자, 라는 생각에 무려 수영 주 5일 반에 등록해버리고야 만 것이다.

요즈음 나의 놀랄만한 부지런함의 근거는 이뿐만이 아니다. 한 시간 동안 지하철을 타고 가야 하는 출근길 시간에 짬을 내어 유튜브에 올라오는 여러 분야의 명사가 들려주는 강연을 보는 것에 재미를 붙였다. 짧은 한 토막의 책 리뷰를 SNS에 올려 보기도 한다. 내 안의 뿌듯한 감정이 무럭무럭 자란다. 내친 김에 주말 독서모임을 검색해본다. 조금 빠듯하긴 해도 월 1회 정도의 모임이라면 문제없이 참여할 수 있을 것이다. 그리고는 효율적 시간 관리와 자기 개발에 힘쓰는 서른셋의 한 여성에 대해 평가해본다. 이 정도면 꽤 열심히 살고 있는 편이잖아?

바야흐로 자기 개발의 시대이다.

서점 입구의 좋은 자리를 당당히 차지해 차곡차곡 쌓여 있는 자기 개발 서적들, 매일같이 접하는 인터넷 기사 속 열심히 '노오력'한 자들의 성공 신화들. 지하철 모든 칸마다 볼 수 있는 성인교육을 위한 수많은 광고를 보고 있으면 자기 개발이 현대 사회의 견고한 흐름이라는 것을 부인할 수 없다. 인스타그램

속 타인의 삶을 바라보고 있노라면 자기 개발의 삶은 이미 범인들의 일상에도 빠르게 침투해 묵직하게 자리 잡은 것만 같다. 이미 내 주변에서도 그 견고한 흐름을 따르고 있는 현대인들을 어렵지 않게 찾을 수 있는 것이다.

대학원 입학에서부터 각종 세미나와 콘퍼런스 참석, 온갖 수료증과 자격증 취득에 운동까지. 유튜브 채널을 오픈하거나 책을 출간한 이들도 심심찮게 찾을 수 있다. 요새엔 바쁘게 살지 않는 사람을 찾는 일이 더 어렵게 느껴진다. 콘서트나 여행 등 여가생활마저 최선을 다해 즐긴다고 알리며 인스타를 보기 좋게 꾸미는 일도 따지고 보면 얼마나 부지런한 자기 개발이란 말인가.

운동에, 여가에, 취미 생활까지. 하루하루를 낭비하지 않고 꽤 열심히 보내고 있는 나 역시 결코 잉여 인간이 아니다. 사회의 엘리트로서 자라진 못했어도 나름대로 주체적으로 삶을 살아가는 능동형 인간이다. 아이러니하게도 저녁이 있는 삶을 선물 받은 우리들의 삶은 전보다 훨씬 더 바빠져 버렸지만 나는 바쁘게 일상을 보내는 이러한 시간 속에서 비로소 안정감에 젖어 들곤 했다. 자기 개발은 요즈음 내게 있어 좀처럼 의문을 품지 못할, 인간으로서의 존재의 유의미함을 증명하는 행위처럼 여겨지곤 했다. 그러나 너무나도 당연한 일상이었던 '그것'에 대한 의문은 아주 사소한 장면으로부터 시작되었다.

2호선 열차를 기다리는 중이었다. 출근길에 하루도 빠짐없이 마주치던, 그러나 매번 무심히 지나치던 스크린 도어의 광고가 오늘따라 내 눈길을 사로잡았다. TV 프로그램에서 자주 볼 수 있는, 우리에게 매우 익숙한 한 외국인 방송인이 하는 영어 학습 광고였다.

"팝콘 먹을 사람?" 영어로?

"Popcorn _____?"

어라? 분명 간단해 보이는 문제인데 도통 답이 뭔지 알 수가 없었다. '우쥬 라이크'로 시작해야 하는 거 아니야? 아니, 두유 원투 잇, 이렇게 해야 하지 않나? 아니다. 먹을 사람을 뭐라고 해야 하지?

두뇌 풀 가동. 힘겹게 머리를 굴려보는 사이 열차가 금세 도착해버렸다. 반대편 문 쪽에 기대 누가 볼세라 조심스레 '팝콘 먹을 사람'을 검색해 보았다. 나와 비슷한 사람이 많았는지 답은 생각보다 쉽게 찾을 수 있었다.

'anyone'이라는 아주 심플한 한 단어였다.

입가에 싱거운 웃음이 살짝 이는가 싶더니 이내 묘한 당혹감이 엄습했다. 지금 당장 필요한 중요한 일도 아니었고, 몰랐던 것을 배웠으니 이제 됐다는 것을 알면서도 왠지 모를 당혹감이 자꾸만 스멀스멀 피어나는 것 같았다. 수영이 아니라 영어 회화를 등록했어야 했나. 우습게도 답을 맞히지 못한 내게 이 것은 나를 '어학'이라는 또 하나의 자기 개발의 세계로 끌어들이려 하고 있었다. 이 광고 마케팅은 성공적이다. 물론 영어를 잘해야 하는 직업도, 공인 점수가 필요한 것도 아니지만 한 번 배워보는 편도 나쁘지 않을지 몰라. 손가락으로 검색 내용을 기계적으로 밀어내며 가격과 수업 내용을 살펴보다 나는 이내 손가락의 움직임을 멈췄다.

내가 지금 뭘 하는 거지?

anyone이 불러낸 기묘한 당혹감의 원인이 여기에 있었다.

나는 그저 불안했고, 도태되는 것만 같았고, 그리하여 어떻게든 그것에서 헤어 나오고 싶었다. 서른이 넘으면 안정감이 생기고 여유로워진다는 말은 대체 누가 했던가. 보통의 현대인에게 삼십 대는 결코 여유 있을 수 있는 시기가 아니었다. 내가 지나고 있는 삼십 대는 이십 대 때와는 확연히 다른, 인생의 주요 과업의 부담에 짓눌린, 불확실한 미래에 대한 불안함이 팽배한 시기였다. 운동에 매진하고, 이것저것 배우며, 여가생활마저 열심히 즐기는 능동형 인간의 삶 이면에는 자주, 초조함과 조바심이라는 폭풍 같이 밀려오는 감정에 매몰돼 허우적거리는 내가 있었다.

어쩌면 이 불안의 세계에서 탈출할 수 있을지도 모른다는 지푸라기 한 올을 쥔 채 나는 자기 개발의 세계로 나 자신을 떠밀곤 했다. 거기에서 파생된 결핍은 그것을 더욱 재촉했다. 지금 당장 필요한 것이 아닌데도, 그 누구도 강요하지 않는데도 자꾸만 나의 부족함만을 떠올리곤 모호한 목표를 세운 채 그저 노력해 왔다.

아무 일도 하지 않고 쉬는 시간은 '버리는' 시간으로, 아무 일 하지 않는 자는 마치 '잉여인간'이 된 것처럼 여기게 되는 시대의 은밀한 기류가 나를 압박했다. 안정감을 위해 나는 여유로움을 즐기기보다 자기 개발이라는 이름의 '막연한 노력'을 하는 행위를 선택했다. 그것은 한시적으로 불안감에서 해방된 느낌을 가져다주곤 했던 것이다.

어느 날, 연차까지 사용해 금, 토, 일 연속으로 3일 동안 진행되는 유명 강연회에 참여한 내게 W는 말했었다.

[야, 적당히 좀 해, 그것도 중독이야.]

맞다. 어쩌면 이것은 하나의 중독이다. 알코올, 도박, 게임 중독만이 문제가 아니다. 내면의 두려움에서 도피하기 위한 수단을 중독이라 한다면 불안감과 우울함을 노력의 행위로 채우려 하는 것도 중독이다. 성장 중독, 학습 중독, 노력 중독, 그리고 자기 개발 중독.

현재의 삶에 안주하지 말고 더 나은 미래를 위해 '노오력'하라. 더 많이 배우고 학습과 자기 개발을 소비하라. 불안의 세계에서 사회는 잘만 하면 벗어날 수 있을 거라며 깊숙한 곳에서의 욕망을 끄집어내고 성장을 위한 온갖 것들을 눈앞에서 흔들어대곤 했다. 나는 쉽게 현혹되었다. 안정되지 않은 현실과 불확실한 미래에 대한 걱정을 늘 껴안고 살아왔기 때문일까. 두려움은 언젠가부터 자연스레 내면화되어 있었는지 모른다. 나 자신을 계속해서 닦달하는 것은 현대사회에서의 변질한 생존 방식일지도 몰랐다. 모든 것에 쓸모를 따지는 사회에서 나라는 인간의 쓸모를 찾고 경쟁력과 상품성을 조금이라도 높이기 위한 행위. 희망 없는 사회에서 살아남기 위한 몸부림.

어떻게 된 일일까.

냉정하고 불안한 세계에서 두려움을 떨쳐낼 수 있을 것이라
는 실낱같은 희망을 지닌 채 나는 자기 개발이 대단한 무기라
도 되는 양 그것을 꽉 움켜쥐고 있었지만 그럴수록 더욱 더 불
안해져 갔고, 그 불안감은 아이러니하게도 다시금 자기 개발의
동력으로 작동하며 만족 없는 노력, 완결 없는 레이스를 끝없
이 반복하고 있을 뿐이었다. 'anyone'이 불러온 당혹감은 그
속에서 내가 얼마나 열심히, 주체적으로 쳇바퀴를 굴리며 다람
쥐 인간으로 살아가고 있는지, 그 기묘한 현실을 깨닫게 해주
고 있었다.

잠들기 전 습관처럼 유튜브 버튼을 누르자, 15초짜리 독서
모임 서비스 광고가 재생된다. 세상을 조금 더 지적으로! 이완
되었던 몸이 다시금 긴장된다. 내게 당혹감을 안겨주었던 '팝
콘 먹을 사람?'이 생각난다. 거대하게 몸집을 이룬 자기 개발서
앞에서 설명할 수 없었던 무력감이 떠오른다.

온 사회가 노력하고 발전해야만, 그래야만 행복해질 수 있다
고 최면을 걸고 있다. 그렇지 않으면 도태되고 불안해질 것이
라며 겁을 주고 있다. 눈길이 닿는 모든 곳을 점령하다시피 한

자기 개발 광고들이 자신들을 해결사라 자처하며 나를 결여된 존재라고 세뇌하고 있는 것만 같다. 더 많이 노력하면 불안함을 제거할 수 있을까. 자기 개발이 불안의 세계에서 나를 구원해 줄 수 있을까.

그러나 그 모든 것들 뒤에는 결국 무엇이 남을까. 그것은 단지 쓸모를 따져보기 위한 자기 위로일 뿐이거나, 쓸모없을 수 있다는 불안감에서 벗어나기 위한 끝없는 소모전에 불과할 것이다. 평생을 학생인 듯 살아온 내가 행복해지는 법을 스스로 찾아내기 어려운 것은 당연한 일인지도 모르겠다. 그러나 한 가지 명확한 건 불안의 세계에서 나를 구원하는 것은 결코 끝없이 반복되는 자기 개발은 아닐 것이라는 것.

핸드폰 화면 바깥으로 시선을 돌리니 오늘따라 책장이 그 단단한 존재감을 드러내고 있었다. 주 52시간 근무가 확정되고 나서 혹시 쓸모가 있을까 싶어 사두었던 자격증 독학용 책들이 무거운 기운을 내뿜으며 책꽂이 한 편을 차지하고 있었다. 저걸 몇 페이지나 봤더라, 슬슬 또다시 죄책감이 피어나려 하고 있었다. 그러나 워라밸, 따지고 보면 그것 역시 인간다운 삶을 위한 개념이 아니었던가.

'작작하라'는 K의 말마따나 때로는 '적당히' 하는 것이 옳을 수도 있겠다고 생각하며 눈을 감았다. 금세 피로감이 몰려왔다. 소진되고 있었던 사실조차 외면하고 있던 걸까. 내일은 수영을 가지 말아야지. 내 몸이 당장 필요로 하는 것은 '잉여로움'인지도 몰랐다. 물론 한순간에 바뀔 리 없고 금세 불안감에 항복할 수도 있겠지만 어쨌든 능동형 인간 따윈 당분간 집어던져 버린다 하더라도 아무 일도 일어나지 않을 것이다.

조급하게 성장에 몰두했던 때에도 그 어떤 극적인 일이 일어나지 않았듯, 그러지 않아도 극적인 일은 벌어지지 않으리라는 것. anyone을 몰라도, 명사의 강연을 찾아보지 않아도, 운동을 며칠 쉰다고 하더라도, 사실 그 어떤 두려운 일도 일어나지 않을 것이다.

아무리 날고 기는 배우라 해도
평생 스포트라이트 안에
머무를 수 있는 사람은 없다.

미스코리아 대회에
두 번 출전하는 진(眞)은 없다.
나의 시대가 끝났음을 인정하고
속 마 음 이 야 어 떻 든
고 상 한 미 소 를 짓 고
다 음 주 자 에 게
왕 관 을 건 네 준 다.

스포트라이트
주연의 자리를 내려놓는다는 것

나도 그저 평범한 삼십 대의 여성일 뿐이구나, 라는 섬뜩한 깨달음이 전기가 오르듯 온몸을 찌릿하게 관통하는 느낌을 아는가. 도저히 막지 못하는 노화 현상과 신체적 능력의 퇴화를 자각하는 순간도 그렇지만 가장 섬뜩한 상황은 한물간 배우의 그것처럼 '주연'의 역할이 점차 사그라진다고 느껴지는 순간. 그 서늘한 사실이 온몸의 세포들을 구석구석 자극하고 지나가고 나면 그때부턴 냉장고 채소 칸에 방치돼 수분이 쪽 빠진, 빼빼하게 마른 사과를 발견했을 때만큼 적당히 울적한 기분에 사로잡히고야 만다.

'인생이라는 무대에서 우리는 모두 주인공이다'라는 말은 너무 당연해서 멋없다. 따지고 보면 로또 당첨 확률쯤이야 가뿐하게 밟아버리는, 정자와 난자의 접촉에서부터 무려 수 억분의 일이라는 경쟁률을 뚫고 최종 승자가 되어 세상에 태어난 게 나 자신인데 장르의 결정은 차치하고라도 당연히 주인공 대접은 받는 게 마땅한 일이 아닌가. 그러나 세상이 어디 그리 만만하고 호락호락하랴. 문제는 이 사회에 주연과 조연, 단역과 엑스트라가 딱딱 나뉘어있는 것처럼 느껴진다는 데 있다.

내가 어떤 배역을 맡았는지 확인하는 방법은 그리 어렵지 않다. 주연과 조연은 스포트라이트와 얼마나 밀접한지에 따라 나뉜다. 관심과 주목. 그것은 주연이기에 자연스레 누릴 수 있는 남다른 가치이다. 주연에게 주어지는 아주 달콤한 특권, 쏟아지는 관심과 타인의 인정을 굳이 마다할 까닭은 없다. 사회적 존재로 태어난 이상 주변인들의 관심과 인정이야말로 때론 존재 이유가 될 만큼이나 중대한 일이기도 하니까. 그러니 지금 내 앞에 놓인 문제는 말하자면 이런 것이다.

삼십 년간 나름대로 인생이라는 무대에서 주인공인 듯 살아왔는데 어느 순간 조연으로 강등당해 버렸음을 알았다면? (그렇다. 이 상황은 강등이라고밖에 딱히 표현할 길이 없다.)새롭게 개편된 작품에서 주인공의 직장 상사라는 배역이 주어져 있었다면? 이것이야말로 홍주연이라는 이름에 걸맞지 않은 수모가 아닐 수 없다.

　지극히 잘나지도 않았지만 못났다고는 할 수 없는 중간 즈음에 걸친 스펙, 남들의 입에 매일같이 오르내리지는 못했어도 '걔가 너 괜찮대.'라는 말은 아주 드물지 않게 들어본 외모. 청춘의 '찬란함'을 마음껏 만끽했다고는 볼 수 없지만 나름 청춘이 주는 메리트를 즐겨봤다고 표현할 수 있는 딱 그 정도.

　그러나 젊은 날엔 젊음을 모른다는 옛 노랫말처럼 나를 둘러싼 주변이 어느 순간 어둑어둑해져 버렸음을 인식하게 되고야 말았을 때 아, 설마 그때가 스포트라이트 타임이었어? 하고는 그제야 이슥하게 깊어지는 어둠 안에서 번뜩 정신을 차리게 되고야 마는 것이다.

　이를테면 요즈음 이 무대의 주인공의 자리를 꿰찬 것이 내가 아닌 타인이라는 것을 깨닫게 되었을 때, 집중 스포트라이트를 받는 자가 옆 팀의 J라는 것을 눈치챘을 때, 관객들의 시선이 온통 그녀를 향해 쏠려있음을 알았을 때, 그리고 그것이 멀지 않은 지난 과거의 한 토막엔 나도 얼마간 맛보았던 것이었다는 씁쓸한 사실을 생각하면 그렇다.

　J.

최근 남 사원들의 관심을 한 몸에 받고 있다는 이십 대 중반의 만 1년 차 사원. 검고 풍성한 모발, 투명하고 깨끗한 피부는 인정한다. 남자들이 열광할 만한 적당한 애교와 나긋나긋한 말투도 인정한다. 그러나 수많은 성형외과 의사들이 말해주는 현대사회의 미인의 기준에서 냉정하게 따져봤을 때, 이목구비는 내가 낫다. 눈도 내가 더 크고, 코도 내가 더 오똑하다. 얼굴도 내 쪽이 더 희고 갸름하다. 그러니까, J는 전형적인 미인상은 절대 아니다. 하지만, 내가 그녀를 결코 따라잡을 수 없는 것이 있다면,

아, 이 찬란한 젊음의 광채여.

삶의 찌듦이 전혀 느껴지지 않는 맑은 분위기, 사람을 끌어당기는 밝은 에너지. 전형적인 미인상은 아니지만 어쨌든 '싱그러운 젊음'이라는 조건의 포인트를 갖추고 있는 그녀. 그녀는 주연의 타이틀을 거머쥔, 강력한 스포트라이트를 받고 있는 현재 우리 회사 최고의 '가십걸'이다. 그녀가 인기를 몰고 다니는 화제의 인물이라는 데에는 의심의 여지가 없다. 안 그래도 나 역시 듣는 이들에게 대리 수치심을 제공할 만한 민망하

고 낯 뜨거운 '너 말고 네 후배' 에피소드를 생성하지 않았던가. 내게 호감을 느끼고 있는 줄로만 알았던 옆 팀 박 대리를 우연히 출근길에 만나 함께 걷던 도중 박 대리가 마음에 두고 있었던 자가 놀랍게도 내가 아닌 바로 J였다는 것을 알게 된 사건, 옆에 서 있는 내 표정이야 전혀 신경도 쓰지 않고 오직 자신과 J의 '열애 소문'에 대해 옅은 흥분이 섞인 목소리로 은근히, 그러나 누가 봐도 신난 듯 자랑을 해대던 바로 그 사건 말이다.

그러나 잠시 착각의 늪에 빠졌던 것이 조금 민망하기야 해도 그쯤이야 별일이라고 할 수 있을까. 기껏 남자들에게 받는 인기쯤이야 뭐가 그리 부럽다고. 꼭 좋은 일만도 아니잖아. 괜히 뒷말만 나오고 피곤하기만 하지. 나라고 안 겪어봤나. 그 고충 모르는 것도 아니고. 그렇게 나는 어쩌면 애써 별 관심 없는 척, 쿨한 척 자위하며 부인해왔는지도 모른다. 그녀를 향해 꿈틀대는 내면의 관심, 예사롭지 않은 복잡한 심경, 부러움과 질투가 뒤섞인 못난 감정을. 지난주 정년퇴직을 앞둔 한 상사의 퇴직 기념 송별 회식 자리가 있기 전까지.

그 회식 자리로 말할 것 같으면, 겉으로 보이는 메인 주제는 떠나는 이와의 이별을 슬퍼하고 그간의 노고에 존경을 표하며 축복을 빌어주는 자리로 충분히 제 역할을 다하는 것으로 보이지만 그 안에 숨겨진 놀랄만한 스페셜 테마가 있었으니. 그것은 J에게 쏟아진 스포트라이트가 얼마나 강한지, 그녀가 얼마나 화제의 중심에 놓여있는지, 그녀에게 쏠린 막대한 관심을 명명백백히 증명해주는 자리로서 나는 회식 자리 내내 은밀히 진행되는 분주한 물밑 작업의 몇몇 장면들을 목격하고야 말았다. 그 장면들은 다음과 같다.

자리 사수 대작전.

J의 옆자리, 적어도 같은 테이블을 사수하려는 것이 나름 본인들에겐 비밀스러운 전략이었는지 몰라도 수가 빤히 보이는 그 투명함이란. 먼저 회식 장소에 도착했음에도 J가 도착할 때까지 입장을 미루다가 그녀가 도착한 순간 우연히 시간대가 맞았다는 듯, 함께 슬그머니 들어와 자연스럽게 옆자리를 사수한다. 운 없게 멀리 떨어진 자리에 앉은 사람들은 어느 정도 자

리가 무르익고 나면 잔을 들고 옮겨 다니며 건배를 외치다가 자연스럽게 J의 테이블에 다가와서는 장시간 머무른다.

은근히 그녀 위주로 돌아가는 대화.

어떤 얘기를 해도 대화 주제는 부메랑처럼 자꾸만 그녀에게로 돌아온다. "와–, 주연 씨가 벌써 서른셋이야, J 씨가 그럼 몇 살이지?" 다 알면서 괜히 나를 이용해 그녀와 본인 사이의 친목 매개체로 쓰기, 그녀와의 억지 공감대 형성하기, 그녀의 별말도 안 되는 것 칭찬하기 등 하다못해 그녀가 소맥 한잔을 원샷 하는 모습마저 '올' 소리가 나올 만큼 매력적이며 감탄의 이유가 되나 보다. 그녀와의 접점을 찾고자 애쓰는 모습이 안쓰럽게 느껴질 정도.

그녀의 존재와 회식의 생명력과의 관계.

에너지가 넘쳐 그리도 신명 날 수 없었던 그 회식 자리는 그러나 그녀가 자리를 뜬 후 바람 빠진 풍선처럼 급격히 생명력을 잃었다. 나 참, 훤히 들여다보이는 남자들의 젊은 여자에 관한 관심이 이리도 우습다.

[남자들은 다들 왜 그러냐. ㅋ 예전에 나한테 찝쩍댔던 애 알지. ㅋㅋ 걔도 그 여자랑 얘기하려고 아주 그냥 꼴값을. ㅋㅋ]

[뭘 그렇게 디테일하게 봄?. ㅋㅋ 그 여자 질투하는 거 아님?]

[아, 웃기지 마, 내가 왜?]

[아 그럼 신경 꺼, 네가 뭔 상관이야 왜 그런 걸 신경 쓰냐? ㅋ]

인기 있는 어린 여자를 질투하는 못난 삼십 대 여성이라. 어쩐지 낯익고 진부한, 매우 악의적인 프레임이 아닐 수 없다. 그러나 진부한 만큼이나 그 이미지란 벌써 널리 알려져 기정사실로 되어있어 특별히 주의하지 않으면 안 되는 것으로 둔갑하고야 마는 것이다. 그저 여자의 환심을 사려는 남자들의 유치한 행동들에 대한 입담을 주고받을 파트너가 필요했을 뿐인데 '왜 그런 걸 신경 쓰고 그러냐.'는 K의 카톡에 숨겨진 '추접한 건 그들이 아닌 바로 너!'라는 마음의 소리가 들리는 듯해 순간적으로 욱하고야 말았다.

무슨 말 같지도 않은 소리야, 내가 왜, 대체 뭣 때문에, 야, 진짜 질투 그딴 거 아니거든? 뱉어내지 못한 말들이 가슴속에서 서로 부딪히며 불꽃을 튀기고 있었다.

왜 이렇게 골이 난 걸까. 속도를 늦추지 않고 여전히 팔딱팔딱 뛰고 있는 심장 박동과 머리끝까지 거꾸로 솟은 피가 나를 결백하지 않은 마음과 마주하게 하고 있었다.

최고 인기인답게 J에 대한 이런저런 얘기들을 접할 기회는 역시 많았다. '회식 자리에 끝까지 남아 있었고 게다가 팀장의 옆자리를 꿋꿋이 지켰다', '자기를 좋아하는 것 같은 사람에게 선을 긋지 않고 인기를 즐긴다.', '회사에서만 썸을 몇 번을 탔는지 모른다.'라는 확인되지 않은 가십에 나는 동조의 침묵을, '노력에 비해 과한 호사를 누린다.', '인기를 이용해 업무 실수도 얼렁뚱땅 넘어가면 되는 줄 안다.'라는 지나친 사적 감정이 포함된 평가에 나는 과한 고개 끄덕임을 아끼지 않았다. '여우'라는 단어만큼이나 이 모든 것을 적당히 아우르기 좋은 말이 또 있던가. 은근한 디스에 적당한 그 마법의 문장, "걔 붙여시 같아." 그 문장이 다른 이의 입에서 뱉어질 때 사실 나는 통쾌함과 함께 희열에 가까운 기분까지 느껴본 적이 있음을 고백한다. 게다가 포커페이스를 유지하며 감정을 철저히 은폐한 채 기어코 뾰족한 한 마디를 덧붙이기까지 했다. '걔 조심해.'

가슴에 손을 얹고 생각해 보면 이것을 어찌 시기심과 질투가 아니라고 말할 수 있겠는가. 솔직해지자. 나는 그녀가 인기를 독차지하는 것이 싫었고, 그녀가 감히 주연의 자리를 차지했다는 사실을 용납할 수 없었다.

이건 마치 내 권리를 침해당한 느낌이라고나 할까?

고백하건대 실제로 J가 겪는 그 이벤트들은 멀리 떨어져 있지 않은 과거에 내가 겪었던 일들과 별반 다를 것도 없었기 때문이다. 지금이야 나와 그녀를 나란히 두고 인기투표를 한다고 하면 누구나 조금의 망설임 없이 그녀에게 한 표씩 행사할지 몰라도 딱 칠 년 전, 아니 오 년 전의 나라도 소환해 온다면 상황이 바뀔지도 모른다. GD의 말따나 나도 어디서 절대 꿀리지(?) 않았다. 내게 대시 하는 남 사원들도 드물다고 할 수는 없었고, 나 스스로 의도했다거나 이용한 건 결단코 아니었지만 비교적 쉽게 업무적 도움이 주어지기도 했으며 노력에 비해 괜찮은 평가를 받기도 했다.

물론 과한 관심과 부풀려진 구설수, 미묘한 신경전에 괴로울 때도 있었지만 그것이 감당할 수 있을 만큼의, 적당히 참을 만한 고통이었던 까닭은 어찌 됐든 내가 누릴 수 있던 젊음이 안겨준 특권 때문이었다. 그러니 J가 누리고 있는 '그 호사'를 나라고 누려보지 않은 건 아니었다는 것이다.

사실 젊은 여자에게 유독 가혹하고 부당한 사회의 시선 그 맞은편에는 젊은 여자이기 때문에 얻을 수 있는 여러 특별대우와 이익이 있다는 불편한 진실이 존재한다. 여자에게 씌워진 교묘한 나이 프레임이 비정상적이라는 것을 누구보다 잘 알고 있으면서도 나 역시 나보다 젊은 여자인 J를 시기해온 까닭은 이 사회의 무기로 통하는 재력, 그리고 사회적 지위와 달리 젊음이 나와 같은 보통의 사람 역시 당연한 듯 지닐 수 있었던 강력한, 그러나 유일한 무기라고 생각해 왔기 때문이 아닐까. 어쩌면 의식하고 있지 않은 순간에 그 호사를 당연시 생각해 왔는지 모른다. J가 아니었어도 마찬가지였을 것이다. 특별대우가 주어지는 역할을 맡은 여자라면 그녀가 누구라도 시기했을지 모른다. 흘러가 버리고 있는 젊음과 그것이 내게 안겨주었던 특권을 여전히 욕망하면서.

야속하다. 왜 욕망은 좀처럼 나이 들지 않고, 늘어가는 나이는 욕망을 채워주지 못하는 걸까. 서글프게도 아무리 야속하다고 한들 지금, 이 순간에도 시간은 정직하게 흐르고, 젊음을 놓치지 않으려 아무리 꼭 쥐고 있어 봐야 그것은 기어코 손아귀를 빠져나가고 만다. 하지만 나이 듦이라는 인간의 숙명을 거부한 채 아등바등 젊음의 특권을 쥐고 놓지 않으려 하는 모습은 또 어떤가.

가끔 추억 속에 빠져 사는 것처럼 보이는 왕년 스타들의 모습을 보곤 한다. 찬란했던 과거의 영광을 잊지 못하는 그들의 모습을 보고 있노라면 시든 젊음보다도 젊음이 지나간 자리에 묵직하게 비현실적인 욕망을 쌓아두고 있는 것이 더욱더 초라하고 보잘것없어 보인다. 여전히 인기에 집착하는, 왠지 딱해 보이기까지 하는 '나의 옛날 오빠'에게 이런 댓글을 달고 싶은 마음을 간직해온 이가 비단 나뿐일까. '언제까지 영원한 오빠인 것처럼 굴 셈이에요? 제발 철 좀 드세요! 추해요! 오빠 사십 대예요, 사십 대라고요!!'

그 애통한 외침이 벌써 내게 메아리로 되돌아올 줄 어찌 알았겠는가.

그러고 보면 연예인의 삶은 우리네 삶의 과장된 축소판 같다는 생각이 든다. 내가 좋아했던 '나의 오빠'가 지금 앨범을 낸다고 해도 더는 최고 인기의 척도인 가요 프로그램의 '엔딩 무대'에 설 순 없고, 어렸을 적 나의 우상이었던 빳빳하게 코팅된 책받침 속 여배우는 더는 가슴 뛰는 러브스토리의 주인공으로 등장하지 않는다. 나이 듦을 부정하고 젊음에 집착해 봐야 속절없이 다가오는 세월의 흐름을 역행할 순 없는 노릇이니까.

그래도 다행히 얼마간 위안이 되는 것은 한 시대를 풍미했던 연예인에게도, 나와 같은 평범한 사람에게도, 시간의 흐름이

누구에게나 공평하다는 사실이 아닐까.

아무리 날고 기는 배우라 해도 평생 스포트라이트 안에 머무를 수 있는 사람은 없다. 미스코리아 대회에 두 번 출전하는 진(眞)은 없다. 나의 시대가 끝났음을 인정하고 속마음이야 어떻든 고상한 미소를 짓고 다음 주자에게 왕관을 건네준다. 눈부시던 주연의 자리를 우아하게 비켜준다.

쉽진 않겠지만 J에 대한 시기심을 거두기로 했다. 스포트라이트를 우아하게 넘기기로 했다. 언젠가는 그녀도 스포트라이트의 중심에서 벗어나 다음 주자에게 바통을 넘겨주는 인생의 공평한 진리를 마주하게 되겠지.

화려하게 주목받는 자리의 주인은 바뀌어도 인생이라는 무대는 계속된다. 많은 노배우가 거장이라는 이름 아래 여전히 존경과 찬사를 받는 이유는 그들이 그토록 빛났던 젊음의 주인공 역에서 벗어났음에도 그것에 집착하지 않고 묵묵히, 그리고 최선을 다해 제 역할을 다하며 긴 세월 동안 단련해온 내공을 보이기 때문일 테다.

문득 나 역시 스포트라이트에서 벗어나면서 어쩌면 관객의 시선에서 벗어나 조금 더 자유로울 수 있는 배역을 맡게 될 시간이 온 것이 아닌가, 하는 생각이 든다. 욕망을 내려놓고 상실을 수용하고, 특권에의 미련을 접는 것. 그것이 지금의 내게 주어진 중요한 역할이지 않을까. 그리곤 모든 것은 바래져 간다는 자연의 순리, 영원히 소유할 수 있는 것은 이 세상에 단 한 가지도 없다는 진실. 그것을 담담히 감당하며 나 역시 빛났던 도톰한 한 토막의 시절이 있었음을 추억하는 정도, 딱 그 정도라면 적당할 것이다.

마치 빛들이 물러간 후
모든 것이 희미해지고 아스라해지는
그   시 간 에   ,

한낮엔 미처 보지 못했던
생경한 풍경들이 눈에 담기듯이,
그토록 굳건했던 믿음이 희미해지자
이제껏 보이지 않던 장면들이

서서히 시야 안으로
들어오기 시작했다.

자기야
나를 자기라고 부르는 사람들

감히 자부하건대 나는 나와 잘 맞는 사람을 기가 막히게 잘 알아보는 감을 지녔다. 고독해지고 싶지 않은 인간의 본능인지 사회적으로 학습된 탓인지 어렸을 적부터 특정 인물들을 선택하고 무리를 지어 소속됨으로써 소외되지 않을 특전과 함께 안정감을 얻곤 했던 것이 결국 하나의 능력으로 발전된 것이다.

선택과 비선택을 가르는 그 감, 그 삘은 과연 어디에서 오는가. 차곡차곡 쌓인 경험치가 증명하건대 그것은 당연하게도 성격, 취향에 따라 형성되었을 한 사람을 둘러싸고 있는 분위기, 그리고 한편으론 가정형편, 외모와 같은 다소 놀랍고 독특한 기준에 의해 결정되곤 한다. 그 과정을 거쳐 꾸려진 무리의 구성원은 누구 하나 너무 많이 튀지 않게 비슷하고, 또 살짝 씩은 다르면서 결국 서로 간의 단단한 조화를 이루게 되는 것이다. '비슷함 속 다름', 혹은 '다름 속 비슷함' 안의 조화라고나 할까. 조금 생뚱맞을 수 있지만 쉽게 예시를 들어보자면 마치 '잡채'와 같다고 볼 수 있다. 당면과 시금치, 목이버섯, 양파, 그리고 당근을 보라. 한 무리를 구성하기에 기가 막히게 알맞은 조합이지 않은가. 이제 그들은 각각의 위치에서 어색함 없이 앙상블을 이루며 진한 동지애를 누리게 되는 것이다.

그리하여 나는 금수저, 모범생, 지나친 내향인, 그리고 나이 든 자와는 우정을 쌓기가 어렵다고 생각해 왔다. 그들과 내가 궁합이 맞을 리 없다. 내가 당면이라면 그들은 미슐랭 별을 딴 레스토랑의 값비싼 프랑스 요리 재료이거나, 혹은 새싹보리이거나, 천엽이거나, 그도 아님 호두이기 때문에. 구성이 바뀌곤 했을지 몰라도 내게는 언제나 시금치, 목이버섯, 양파, 그리고 당근이 함께했고 그것이 언제나 당연했<u>으므로.</u>

그러나 안타깝게도 잡채의 우정이 늘 굳건한 것만은 아니다. Y에 이어 W까지 '유부'의 세계로 접어들 준비를 하게 되면서, 굳건하던 우정은 확실히 예전만큼의 위력을 갖기 어려워지고야 말았다. 언제부턴가 서로가 발을 딛고 있는 세계 사이에 자연스레 틈이 생기고, 언제부턴가 만남과 연락의 빈도와 대화 주제 역시 자연스레 다르게 흘러가며, 영원히 견고할 것 같던 우정이 실은 가변적인 관계 속에서 만들어지는 것이라는 삶의 이치를 자연스레 깨닫게 되는 때가 바로 이때이다.

그러한 이유로 최근 내가 가장 자주 만나고 어울리는 무리가 '언니들', 게다가 무려 평균 연령 마흔셋의 수영장 언니들이 되었다는 사실은 꽤 흥미로운 일임이 틀림없다. 결코, 함께 어울리지 않을 거라 믿어 의심치 않았던 그들이 나와 한 무리를 이루게 되었다는 것은, 말하자면 나의 소속이, 아니 오랜 기간 정체되어있던 나의 세계가 비로소 변화할 시기가 되었다는 뜻이 아닐까.

당연히 처음부터 그녀들과 어울리기 수월했던 것은 아니다. 나 역시 서른 몇 해를 살며 세상의 온갖 선입견에 젖은 상태라 '나이 든 여자'에 대한 내 안의 무의식적인 믿음, 불편한 편견이 그들과의 거리감을 유지하는데 한몫을 했다. 그 믿음이란 이를테면 자기들만의 오랜 견고함을 과시하며 신참에게 텃세를 부리고, 젊은 여자를 질투하고, 무례하게 굴며, 간혹 공포감을 조성한다는 진부한 소문에서 비롯된 무시무시한 이미지들이었다.

내가 특정 집단에 대한 심각한 차별주의자일 거라는 끔찍한 생각도, 결코 혐오의 언어를 사용하고 싶지도 않지만, 내가 겪은 사실만을 토대로 얘기하자면 놀랍게도 그 소문은 얼마간 진실로 드러나는 듯했다. 단언컨대 수영장은 나이 든 여성의 권력이 첨예하게 드러나는 공간이다. 젊음을 숭상하는 사회에서 대체 세상 어떤 곳에서 젊음이 힘을 못 쓸까에 대해 의문인 사람들이 있다면 나는 그들에게 강력히, 아주 강력히 수영장을 추천할 테다. (특히 샤워장) 여성의 향이 물씬 풍기는 공간. 그곳의 실세는 단연 중년의 여성들이므로.

첫날, 탈의실에 들어서자마자 몇 개의 눈이 나를 곧장 스캔하고 있다는 것이 느껴졌다. 나 역시 옷을 벗으며 재빠르게 눈알을 굴려 탈의실을 둘러보았는데, 역시라고 해야 할지 놀랍다고 해야 할지 대부분이 사십 대 이상의 중년 여성들이었다. 남들보다 예민하게 발달한 촉, 위험을 알리는 신호등이 깜빡이고 있었다. 제기랄, 큰일이다. 이곳에 나와 맞는 사람은 존재하지 않을지 모른다. 처음 접하는 낯선 세계의 검은 기운이 모락모락 피어나고 있었다.

그 검은 기운의 첫 번째 실체는 역시 텃세였다.

나는 그들에게서 철저하게 배제되었다. 이곳에서 물과 기름이라는 표현은 약하다. 이건 마치 영화 '동감'에서의 유지태와 김하늘처럼 그들과 내가 같은 공간, 다른 시간에 존재하는 듯한 신비한 경험이었달까. 그들끼리는 매우 친밀하게 대화를 나눌지언정 마치 나라는 존재는 보이지 않는다는 듯 그들은 내게 단 한 차례도 눈을 맞추려 하지 않았다. 가벼운 눈인사조차 절대 허락하지 않겠다는 그들의 확고한 의지가 느껴져 민망함을 숨기기 위해서라도 나 역시 그들을 못 본 척 굴어야 했다. 종종 강습 전 시간이 남아 온탕에서 뜨끈하게 몸을 불리고 싶어도 이미 형성된 그녀들 무리와 나 사이에 결계가 쳐진 양 쉽게 다가갈 수 없었는데, 우연인지 기분 탓인지는 몰라도 용기를 내 그곳에 입장 하면 그들이 입을 꾹 다무는 것을 두어 번 목격한 후로 나는 아무도 없는 시간의 사우나를 찾아 홀로 땀을 빼는 것으로 만족하곤 했다.

주말 자유 수영에서 그들의 텃세는 더욱 진가를 드러냈다. 몇 바퀴인가를 돌다가 잠시 벽에 기대 쉬는 내게 별안간 '수영에 방해되게 거기 기대 쉬지 말라'며 내 몸을 거세게 옆으로 밀어내는 것이 아닌가. 아줌마, 좋게 말로 하시지 왜 미세요, 라는 내 울분은 차례차례 멀어져 가는 그녀들의 엉덩이와 단호한 발차기를 보며 고작 마음속으로만 처절하게 외쳐질 뿐이었다.

다음으로 무례함. 그들은 마치 무분별한 성희롱적 언사가 용납되는 세계에 사는 것처럼 몸매 품평을 아끼지 않았다. 특히 '젊은 여자'를 향한 '리즈시절의 종료'와 '나이 듦'이 화두인 나조차도 그곳에서는 평균 연령을 뭉텅 깎을 수 있는 대단한 역할을 하고 있었으니 모르긴 몰라도 그들의 도마 위에 오르긴 충분한 자격을 갖추었던 셈이다.

몇 번의 신규 회원이 들어올 때마다 그녀들에 대한 몸매 품평을 하는 것을 슬쩍 훔쳐 들으며 '내 몸'도 뒷담화에 좋은 안줏거리가 되겠구나, 라고 합리적 의심을 품은 적은 있지만 이렇게 직접적으로 훅 치고 들어올 거라곤 꿈에도 몰랐다. 보통의 텃세 그녀들과는 달리 처음으로 내게 친근하게 다가온 한 중년의 여성이 초면에 건넨 말이 '아유, 가슴이 이쁘네. 원래부터 그렇게 봉긋했어?'와 같은 말이었다는 예가 그 근거가 될 수 있을까. 살짝 거슬리는 내용은 뒤로하더라도 내게 말을 걸어준 것이 눈물 나게 고마워 은은한 미소를 띤 채 무어라 대답할까 고민하던 중 연달아 꽂힌 말이 놀랍게도 '꼭지도 원래 컸고?'라는 기함할 만한 말이었다면. 믿기 힘들겠지만 말이다.

실세로서의 공포감 조성은 말할 것도 없다.

뭐, 변명에 불과하다고 하겠지만 찬물에 새파래질 입술이 신경 쓰였던 탓에 샤워 후 색이 들어간 립밤을 '살짝', 정말 '아주 살짝' 바른 것이 문제였다.

"씻고 들어가!"

대체 언제부터 매의 눈으로 지켜보고 있었던 걸까. 쩌렁쩌렁 샤워실을 울리는 벼락같은 한 마디에 나는 하마터면 뒤로 벌러덩 주저앉을 뻔했다.

"누구한테 잘 보이려고 화장이야? 화장은?"

이어지는 매서운 말이 쐐기를 박았다. 뒤통수를 가격한듯한 얼얼한 충격에서 벗어나는가 싶더니 이내 수치심이 확 끼쳐왔다. '누구한테 잘 보이려고'라는 말이 벌떼처럼 윙윙 머릿속을 날아다니고 손가락이 파르르 떨려왔다. 모두가 다 나를 주시하는 건지 시선이 따가웠다. 아무리 우리 반 강사가 젊고 잘생긴 남자 강사이기는 해도 립밤 한 번 바른 게 이 많은 사람 앞에서 창피를 당해야 할 만큼 중죄란 말인가. 이것이 정녕 이 세계의 정의구현이란 말인가. 이것도 하나의 험담 거리가 되겠지, 그들의 입에 하나의 에피소드로 오르내릴 생각을 하니 억울하고 분한 감정이 쉽게 사그라지지 않았다.

그래도 순하기는커녕 '한 예민', '한 성깔'하는 나 역시 그들의 품평과 무례한 언행의 컬래버레이션을 적당히 넘기기 수월했을 리 없다. 나는 안면근육을 최대한 이용해 표정으로 불쾌함을 표출한다든지, 그들의 말이 안 들리는 척 무시하는 방식으로 그들과 내 사이의 벽을 더욱 단단히 쌓곤 했다.

어쨌거나 이 같은 경험을 통해 나는 소문을 진실로 증명해냈을 뿐만 아니라 자의 반 타의 반으로 그들에게서 배제되고 소외되어 마침내 그 세계의 이방인이 되었다. 전혀 맞는 구석이 없는 이들에게 어떤 우정을 기대할 수 있단 말인가. 그들과 내가 궁합이 맞을 리 없다. 내가 당면이라면 그들은 주름지고 딱딱한 호두이므로. 소속의 욕망을 기어코 거세시키는 호두 따위, 거부하고 싶은 건 오히려 내 쪽이었다.

물론 이방인으로 사는 생활이 종종 외롭고 불편하지 않았다면 거짓말이겠지만 미안하게도 그것은 내게 마냥 불쾌하다거나 우울하지만은 않은 일이었다. 아니, 오히려 소외된 생활은 아이러니하게도 내게 은근한 우월감을 가져다주기도 했다. 자기들끼리 모여 텃세나 부리는 유치한 '아줌마' 문화를 만들어가는 그들과 달리 나는 아직 질투 받을 수 있는 젊은 여성이라는 존재감, 나는 당신들과 절대적으로 다르다는 '근자감'이 나를 든든하게 받쳐주고 있었다.

소속의 욕구가 매우 강렬하고 보편적인 인간의 욕구라 할지라도 거기엔 '자신이 추구하는 준거집단'이라는 전제가 붙어있다는 것을 잊으면 안 된다. 나는 그들의 무리에 결코 소속되고 싶지 않았다. 그때의 그들은 내게 있어 추하고 부정적인 이미지의 '나이 듦'에 대한 두려움을 더욱 가속화시키기까지 하는 존재였다. 그러나 한 신념이 무너지는 것은 아주 사소한 일에서부터이듯 그토록 확고했던 생각의 변화는 아주 작고 평범한 사건으로부터 시작되었다.

몇 달쯤 지났을까. 꽤 오랫동안 입지 않았던, 앞 지퍼가 있는 수영복을 가져온 것이 화근이었다. 부드럽게 올라가지 않는 지퍼를 힘으로 올리려다 그만 지퍼가 홀랑 빠지고야 말았다. 불행히도 누구한테 도움을 청할 수도 없었기 때문에 나는 끼워지지 않는 지퍼를 들고 홀로 이런저런 애를 써야만 했다. 그러나 역시 무리였다. 도와줄 친구 하나 없는 이방인의 비참함을 느끼며 슬슬 수영복과 강습을 포기하고 씻고 간다는 것에 의의를 두자고 결론을 내렸던 그때였다.

"자기야, 내 수영복 빌려줘?"

에? 자기라고?

사소한 일상 속에서 기적을 마주하는 순간을, 나는 이제껏 몇 번이나 경험해왔던가. 호칭은 관계를 규정한다. 이름 모를 누군가를 가볍게 부르는 '자기'라는 호칭에는 그러나 은근한 친밀감과 호감, 그리고 연대의 가능성이 담겨있었다. 놀랍게도 그 낯간지럽고도 가벼운 호칭 하나에 결코 무너질 것 같지 않던 믿음의 경계가 흐릿해지고 있었다.

마치 빛들이 물러간 후 모든 것이 희미해지고 아스라해지는 그 시간에, 한낮엔 미처 보지 못했던 생경한 풍경들이 눈에 담기듯이, 그토록 굳건했던 믿음이 희미해지자 이제껏 보이지 않던 장면들이 서서히 시야 안으로 들어오기 시작했다. 수영복의 꼬인 끈을 말없이 다가와 풀어주던 장면, 사물함 키를 잃어버려 우왕좌왕 당황하고 있던 내게 슬며시 키를 가져다주던 장면, 수경에 습기가 끼는 것을 방지하기 위해 거의 다 쓴 안티포그액을 마지막까지 쥐어짜 내던 내게 저 멀리서 샴푸를 발라보라며 큰 소리로 일러주던 장면까지. 사실 전혀 새로운 풍경이라고 할 수 없는, 언제나 거기에 존재해오던 풍경들. 늘 봐

왔지만 보지 못했던 그들의 넉넉한 마음과 작은 연대의 풍경이 이제야 선연히, 그리고 새롭게 떠오르기 시작했다.

문득 깨달았다. 어쩌면 그들이 내게 나이 듦의 두려움을 가속화 시킨 것보다 내가 지니고 있던 나이 듦의 두려움이 편견을 씌워 그 이면의 모습을 외면하게끔 만든 게 아니었을까. 유치하고 시시한 문화 속에 갇혀있던 것은 그들이 아닌 나였던 게 아닐까 하고.

그러니까 아마 그때였을 것이다. 스포이트로 물을 쏙 빨아들이듯, 그들의 세상에 훅 빨려 들어가게 된 것은.

마흔이 훌쩍 넘는 그녀들을 언니라고 부르게 되는 날이 올 줄은 몰랐다. 그들과 술잔을 기울이고, 19금을 넘어선 49금 이야기를 깔깔대며 나누고, 나와 같은 수영복을 입고 온 한 젊고 예쁜 여자의 상도덕을 논하며 내 편을 들어주고 흥분하는 각별한 관계가 될 줄은 정말 몰랐다. 시금치와 당근, 목이버섯과 같이 한눈에 어울려 보인다거나 내 감이 결정하는 사람이 아니어도 절대 어울리지 않을 거라 믿어 의심치 않았던 조합이었어도 그들과 한 소속을 이뤄 우정을 쌓을 수 있을 줄은 그들에게서 또 다른 안정감을 얻게 될 줄은 정말 몰랐다. 무관심의 세계, '다름 속 다름' 안에서도 끈끈한 관계가 태어날 수 있다는 사실을 나는 이들을 통해 깨닫는다.

그들을 통해 깨닫는 것이 비단 나이 차이를 뛰어넘는 우정의 가능함뿐일까. 어차피 언젠간 들어서야 했을 나이 듦의 세계, 그 세계를 슬슬 긍정하기 시작한 것도 현재 내게 닥친 놀라운 변화 중 하나이다. 중심부에서 벗어나 있어도 편안하고 너그러울 수 있는 세계, 젊음을 아등바등 붙잡지 않아도 되는 자유의 세계가 있다는 것을 나는 이들을 통해 본다.

나의 사십 대 언니들에게 사실대로 말할 순 없지만 물론 그런데도 나는 종종 슬퍼지곤 한다. 우리 옆에 상큼한 이십 대 청춘들이 무리 지어 있는 걸 볼 때, 이제 그들보단 언니들에 더 가까운 내 위치를 인식할 때, 우습지만 질투와 험담의 대상에서 탈락하였다는 서운함, 중년의 여성들과 함께 있어도 왠지 어색해 보이지 않는다는 데에서 오는 위기감, 젊음의 세계를 슬슬 지나고 있다는 데에서 오는 우울함은 모자라고 지혜롭지 못한 나를 여전히 옥죄고 압박해오곤 하니까. 그러나 그토록 두려워 마지않았던 그 세계의 오지랖이, 고나리질이, 지나친 챙김이, 언니와 자기라는 호칭이 이제 딱히 거슬리지만은 않은 까닭은 나도 비로소 그 세계에 입성할 자격요건을 갖추어 가고 있기 때문이 아닐까. 아직 완벽하게 끌어안을 용기는 얻지 못했을지언정 말이다.

편견이 흐릿해지니 새로운 시야가 열린다. 보던 것을 새롭게 본다. 당면 위에 올려진 호두 토핑은 원래도 그리 어색하지 않다는 사실을, 나는 이제야 깨달아가는 중이다.

K 마저 결혼을 했다. 놀랍게도 W가 가장 먼저 엄마가 되었다. 글을 쓰는 동안에도, 그것을 마무리하는 동안에도 계속해서 많은 것들이 급속도로 진행되고 변해갔다. 알고 있는데도 늘 찌릿하다. 새롭다. 역시나 시간은 착실히, 그리고 갈수록 가빠르게 흐른다는 사실은.

오래오래 리즈시절을 만끽할 줄 알았던, 이십 대의 젊음을 한동안 촉촉하게 머금고 살 줄 알았던 나는 서른셋이 되었다. 초반이라고 치기엔 어딘가 양심에 찔리지만, 중반이라고 하기엔 대단히 억울해 참을 수 없는 미묘한 나이 서른셋.

'마흔넷도 아니고 고작 서른셋 가지고 대체 왜 이리 호들갑

이야.'

여러 번 들었던 말이다. 누군가에게 나이를 먹는다는 것은 백화점 입구에 다다라 회전문으로 향하는 것만큼이나 자연스럽게 '그냥 간다.'는 느낌으로 흘러 들어가는 것이다. 그러나 어떤 이들은 다른 이들보다 민감하다. 미세한 변화에 취약하다. 나 또한 그런 유형의 한 사람으로서 흐르는 시간에 필연적으로 따르는 '나이 듦', 그리고 '나이 듦'이 쥐여주는 작은 쇠락과 상실에 정신없이 흔들렸다. 그래서일까. 그간 '서른셋'을 생각하면 젊음이라는 무대의 모서리에 필사적으로 아등바등 매달려있는 이미지가 떠오르곤 했다. 혹은 청춘에서 중년으로 향하는 길에 놓인 가느다란 막대 위 중심을 잡지 못하고 위태롭게 서서 비틀비틀 걸어가는 이미지라든지.

글을 마무리한 지금 '33의 3', '서른셋의 삶'을 비로소 기꺼이, 우아하게 받아들이는 것에 성공하였는가, 하면 안타깝게도 그렇지 않다. 불안을 떠나보냈는가 하면 당연히 그렇지 못했다.

여전히 새로 자라는 흰머리를 발견하면 심장박동수가 최고조에 다다르고, 평영 발차기는 좀체 늘지 않으며, 수영장에 젊은 여성 신입 회원이 들어오기라도 하면 몇 날 며칠 동안 못내 신경이 쓰이고 우울해지곤 한다는 것. 내 현실 서른셋은 어렸을 적 내가 생각했던 것과는 딴판으로 전혀 멋있는 모습이 아닐 뿐더러 오히려 허둥대고, 불안하며, 때론 한심하기까지 하다.

그러나 나의 평영이 비루할지언정 이젠 제법 실력이 늘어 무려 교정 반으로 승급을 했고, 삼십 대 이상이 모이는 수영장 소모임에 놀랍게도 주요 멤버로서 꼬박꼬박 참여하고 있으며, 흰 머리가 보인다 싶으면 더 이상 울지 않고 미용실 예약을 척척 잡는다. 성장했다는 진부한 말을 하고 싶진 않다. 하지만 그래도 이만하면 '밀려'나고 있다기보단 나름 깜찍하게 '적응'해나가고 있다고 표현할 수 있지 않을까. 이 정도면 그토록 두려워했던 그 '나이 듦의 세계'에 안정감 있게 안착, 까지는 아니더라도 데굴데굴 굴러떨어져 골절상을 입을 정도는 아니지 않을까, 하는 생각이다. 그래. 상실만 있는 것은 아니었다. 이 작은 성과 역시 33의 3, 서른셋의 삶이겠지.

글을 쓰면서 '아직도 빛난다'라거나 '여전히 청춘', '나이는 숫자에 불과하다'라는 말랑말랑한 미화의 말들을 쓰고 싶진 않았다. 그 말들은 지극히 보통의 삶을 살아온 내게 늘 껍데기 같은 허상의 언어로 둥둥 떠다닐 뿐이었으니까. 그보단 평범하기 그지없는 한 서른셋 여성의 불완전하고 사사로운 일상의 장면을, 함께 청춘을 지나고 있는 서른셋 친구들이 무게감을 지운 채로 공감하고, 초조해하지 않고, 안도하며 읽기를 바라며 썼다. 부디 가볍게 읽어주셨기를.

나를 쏙 빼닮은 주연에게 고맙다. 때론 깜깜한 불안의 구렁텅이에 처박히기도 하고, 종종 허둥대고, 또 절망한 적도 많았지만 그래도 홍주연의 성찰 덕분에 청춘에서 비껴가는 그 시간을 커다란 시련 없이 무사히 지나가고 있어. 너를 이 책의 '주연'으로 쓰길 참 잘했다고 생각해.

나를 '나이 듦'의 세계로 최대한 편안히 이끌어주는 수영장 언니들, 감사합니다. 마지막으로 내 곁에서 함께 나이 들어가는 K, W, Y에게 가장 고맙다. 모든 것이 다 너희 덕이야.

2020년 여름.

서연주